Wilhelm Schrader

Karl Gustav von Goßler

Kanzler des Königreichs Preußen

Wilhelm Schrader

Karl Gustav von Goßler
Kanzler des Königreichs Preußen

ISBN/EAN: 9783743625334

Hergestellt in Europa, USA, Kanada, Australien, Japan

Cover: Foto ©Raphael Reischuk / pixelio.de

Manufactured and distributed by brebook publishing software
(www.brebook.com)

Wilhelm Schrader

Karl Gustav von Goßler

Karl Gustav von Goßler,

Kanzler des Königreichs Preußen.

Ein Lebensbild

von

D. Dr. Wilhelm Schrader,

Geheimer Regierungsrat und Kurator der Universität zu Halle.

———⚬⚬⚬———

Berlin, 1886.

Gustav Hempel, Verlagsbuchhandlung

(Bernstein und Traut.)

Den Hinterbliebenen.

———

Inhalt.

1.

Das preußische Beamtentum hat seit seiner Schöpfung durch Friedrich Wilhelm I. in strenger Schule Gewissenhaftigkeit und Amtsgeschick gewonnen und für manche Entbehrung den vollen Ersatz in dem Bewußtsein gefunden, eine wesentliche und zuverlässige Stütze des lebendigen Staats zu sein. Dieses Gefühl stolzer Verantwortlichkeit hat seine Kraft auch nach Einführung eines verfassungsmäßigen Regiments und unter dem geräuschvollen Widerstreit des Parteigetriebes bewahrt, wie nahe die Versuchungen des Ehrgeizes an einzelne sich herangedrängt haben mögen. Eben dieser Beamtenstand hat seit der Wende des letzten Jahrhunderts sein staatstreues und arbeitsvolles Leben durch die Teilnahme an weiteren Bestrebungen bereichert und befruchtet: die Liebe zu alter und neuer Kunst in Wort, Klang und Bild schmückte und veredelte sein Empfinden und verlieh ihm diejenige Idealität, welche scheinbar über die Grenzen des Vaterlandes hinausgieng und gerade hierdurch das eigene Volkstum mit frischer Triebkraft erfüllte. Ungeachtet der großen Zeiten, welche Gott unserem Volke geschenkt, hat man neuerdings eine Abnahme dieses idealen Sinnes unter Beamten und Laien bemerken und hierfür die Art unserer Jugendbildung verantwortlich machen wollen: die Wahrheit ist, daß unsere Schulen nie merklich vor oder hinter der allgemeinen

Sitte und Denkweise ihren Stand eingenommen haben und daß ihre Wirksamkeit stets durch die Summe oder die Stärke der von außen an sie herantretenden Anschauungen und Forderungen wenn nicht bestimmt, so doch erheblich beeinflußt worden ist. Die jugendliche Kraft hat nur ein gegebenes Maß: soll sie neben dem früheren Unterrichtsgewinn genauere Kenntnisse auch in solchen Fächern erwerben, welche bei unbestreitbarer Nützlichkeit doch den Beweis ihrer idealen Erziehungskraft bisher vermissen lassen, so muß die Selbständigkeit und die Tiefe ihres Sinnes um ebenso viel abnehmen, als die Breite und die Last ihres Wissens wachsen mag.

Solch geistiger Wandel trifft alle, welche nach den Höhen des Lebens streben; mehr als andere trifft aber den Beamten, namentlich in verantwortlicher Stellung, die verzehrende Hast unsers öffentlichen Lebens, welches, zwar selbst unstet in seinen Gründen und Zielen, gleichwol ungestüm reiche und bleibende Frucht fordert, bevor noch der Keim zum Stamm herangewachsen, geschweige zur Blüte entwickelt ist. Wenig gedeiht in solcher Kampfeshitze die stille Neigung zu dem Schönen und Edlen, welche das Herz unserer Väter läuterte und erquickte; und doch bildet ebensie den Boden für den Baum, dessen Wurzel selbst das Gestein sprengt und dessen Krone zum Himmel weist.

Um so höher wollen wir schätzen, wenn noch jetzt Männer leben, welche der strengen Erfüllung amtlicher Pflicht Bestrebungen allgemeinerer Idealität zugesellen, ja welche gerade aus der letzteren Antrieb und Kraft zur tieferen Lösung ihrer Berufsaufgabe schöpfen. Und wenn dieses Streben sich nicht mit dem Verständnis menschlicher Kunst begnügt, sondern in ihr und über sie hinaus die Pflege der Religion verfolgt und in der Förderung des Reiches Gottes auf Erden seine Befriedigung und Beseligung findet, so soll das Bild eines so inhalt= und friedevollen Lebens uns in der

Unruhe der Gegenwart zu besonderer Besinnung und Erfrischung
gereichen.

Ein Lebensbild dieser Art unternehme ich hier zu zeichnen:
langjähriger Verkehr, welcher sich schließlich zu wahrer Freund=
schaft vertiefte, gemeinsame und von gleicher Auffassung getragene
Arbeit in unserer Kirche, herzliche Gemeinschaft beim Durchleben
beiderseitigen Glücks und Leides werden ein Vorhaben rechtfertigen,
welches ich doch nur mit der reichlich gewährten und dankbar
empfangenen Unterstützung durch Angehörige und Verehrer des
Verewigten auszuführen vermochte.

Karl Gustav von Goßler wurde am 26. Mai 1810 als das sechste Kind des damaligen Generalprokurators Konrad Christian Goßler in Kassel geboren; seine Mutter Anna Charlotte geb. Emy stammte aus einer reformierten bei Aufhebung des Edikts von Nantes aus Frankreich ausgewanderten Familie und starb bald nach der Geburt dieses Sohnes. Die Familie Goßler läßt sich mit Sicherheit bis auf Johann Goßler (1657—1730) verfolgen, welcher ein Bauerngut zu Höchstädt in Oberfranken besaß. Ein Sohn desselben, Christoph (1689—1750), siedelte nach Magdeburg über und gelangte dort zu Wolstand und hoher Achtung, da seine Kinder sich mit Beamtenfamilien, zum Teil von Adel verschwägerten. Besonders gedieh sein dritter Sohn, gleichfalls Christoph geheißen (1723—1791), welcher durch Seiden- und Tuchwebereien ein bedeutendes Vermögen erwarb, auch Erb- und Gerichtsherr mehrerer Güter wurde; für sein persönliches Ansehn zeugt, daß Friedrich der Große ihn 1756 zum Kriegs- und Domänenrat ernannte*). Bei der Ausdehnung seiner kaufmännischen Verbindungen wurde er durch den Krieg mit Holland 1787 hart betroffen; Erwähnung verdient, daß er bei der

---

*) Siehe Anhang Nr. 1.

hierdurch bedingten Auflösung seines Geschäfts sämmtliche Forde=
rungen unter Entäußerung fast seines ganzen Besitzes befriedigte,
ohne selbst für die durch den Krieg verursachten Verluste eine
Entschädigung zu beanspruchen. Er hatte siebenzehn Kinder, unter
denen der vorhin genannte Vater unsers Kanzlers das funfzehnte
war. Dieser, Konrad Christian, von hervorragender juristischer
Bildung, 1769 zu Magdeburg geboren, war Rat bei der dortigen
Regierung und zugleich bei anderen Königlichen Behörden, als
1807 in Folge des unglücklichen Krieges Magdeburg mit dem
linken Elbufer von Preußen losgerissen und zu dem neugebildeten
Königreich Westfalen geschlagen wurde. Von der neuen Landes=
herrschaft als Generalprokurator und Requetenmeister nach Kassel
berufen, bewies sich K. Chr. Goßler auch in diesen Stellungen so
tüchtig, daß er neben anderen Auszeichnungen im Jahre 1813 mit
dem erblichen, später auch preußischer Seits anerkannten Adel be=
liehen wurde. Nach Auflösung des Königreichs Westfalen kehrte
er gern in den preußischen Staatsdienst zurück; sofort als Hilfs=
arbeiter in das Justizministerium berufen, wurde er 1816 in dem=
selben „wegen seiner durch ausgezeichneten Fleiß, vorzügliche Ge=
schicklichkeit und strenge Rechtschaffenheit bewährten Dienstführung"
zum Geheimen Oberjustizrat ernannt und 1834 zum Rat erster
Klasse befördert. Unter seinen Arbeiten wird besonders die erste
Redaktion des Anhangs zur allgemeinen Gerichtsordnung genannt;
er starb 1842 nach langer ehrenvoller und erfolgreicher Wirksam=
keit im vollen Genuß seines Amtes. Schon vor ihm hatten sich
zwei ältere Brüder, Christoph und August, im preußischen Justiz=
dienst hervorgethan. Der erstere war Geheimer Oberrevisionsrat
und Kammergerichtsrat in Berlin sowie Mitglied der preußischen
Gesetzkommission gewesen. Als vertrauter Mitarbeiter von Svarez
hatte er sich um die Schöpfung des Allgemeinen Gesetzbuches für

die preußischen Staaten von 1791, des demnächstigen Allgemeinen
Landrechts, große Verdienste erworben, sodann im Winter 1791—92
die ersten Vorlesungen über das neue Gesetzbuch im Pallast des
Prinzen Heinrich, dem jetzigen Berliner Universitätsgebäude, und
zwar für Laien gehalten, auch ein Handbuch zum Gebrauch bei
solchen Vorlesungen erscheinen lassen. Der zweitälteste der Brüder,
August, hatte um dieselbe Zeit als Tribunalsrat in Königsberg in
ähnlicher Weise Vorlesungen über das Gesetzbuch an demjenigen
Orte gehalten, an welchem nachmals sein Neffe eine hervorragende
Stellung bekleiden sollte*).

Dem Generalprokurator K. Chr. von Goßler wurde also
noch in Kassel von seiner ersten Ehefrau als deren sechstes und
letztes Kind Karl Gustav geboren, welcher ebenso wie sein älterer
Bruder Albert, der spätere Anhaltinische Staatsminister, seine
Bildung auf dem Friedrich-Wilhelmsgymnasium in Berlin erhielt.
Dankbar hat Karl Gustav allezeit seines Direktors Spilleke gedacht,
welcher allerdings in der damaligen Schulwelt Berlins selbst unter
sehr bedeutenden Amtsgenossen einen Ehrenplatz einnahm. Mit
Vorliebe erwähnte er ferner unter seinen Lehrern den geistreichen
in frischer Jugendkraft wirkenden Prem; vor allem hieng er mit
warmer Verehrung an Schleiermacher, von welchem er nach
Empfang des vorbereitenden Religionsunterrichts eingesegnet war.
Den Schulwissenschaften scheint er ziemlich gleichmäßigen Fleiß
zugewendet zu haben: gelobt wurde neben seiner Geschichtskenntnis
seine Fertigkeit im Gebrauch der alten Sprachen, und seine mathe-
matische Prüfungsarbeit, dem Bereich der Kegelschnitte entnommen,
wurde als sehr gut bezeichnet. Zu seinem Jubiläum erhielt er
auch von den Lehrern der alten Anstalt einen Glückwunsch; in

---

*) Anhang Nr. 2.

seiner herzlich dankenden Antwort bezieht er sich mit woltthuendem
Stolz auf den Wahlspruch des Friedrich-Wilhelmsgymnasiums:
in Dei honorem, regis gaudium, civium salutem. Zu dem
Schulunterricht gesellte sich innerhalb des Hauses die musikalische
Ausbildung, deren Frucht später zu schildern ist.

Kaum siebenzehn Jahre alt verließ G. von Goßler das
Gymnasium mit einem Zeugnis ersten Grades, um sich der Rechts-
wissenschaft und zwar zunächst auf der Universität in Berlin zu
widmen, wo er Klenze, Gans und vor allem über die Pandekten
Savigny hörte. Zwei folgende Halbjahre verlebte er mit seinem
etwas älteren Freunde Karl von Horn, dem späteren Oberpräsidenten, in Heidelberg, wo ihn neben Zachariä und Mittermaier
besonders Thibaut fesselte. Das letzte Studienjahr sah ihn abermals in Berlin als Zuhörer von Laspeyres, Schmalz, Homeyer
und über das Landrecht insbesondere von Savigny, welchem er bis
in sein spätes Alter dankbare Verehrung bewahrt hat. Bei allem
Fleiß verschloß er sich doch, zumal in Heidelberg und inmitten
der dortigen Landschaft, keineswegs der Herrlichkeit des akademischen
Lebens, obschon er auch hier wie durch sein ganzes Leben nach
seiner glücklichen Begabung die Fröhlichkeit des Herzens mit maß-
haltender Gesinnung zu vereinigen wußte. Unter den Jubiläums-
grüßen findet sich als Zuruf eines hohen Militairs der Wahlspruch
der Verbindung, zu welcher sich von Goßler in Heidelberg hielt:
virtus sola bonorum corona.

Sofort nach vollendetem Triennium unterzog sich von Goßler
der ersten juristischen Prüfung und bestand dieselbe am 31. März
1830 sehr gut: nach dem Prüfungsprotokoll legte er gründliche
Rechtskenntnisse, eine gute wissenschaftliche Ausbildung, die Gabe
leichter und scharfer Auffassung und wolgeübte Urteilskraft an den
Tag. Am 13. April wurde er vor vollendetem zwanzigsten Jahre in

der Plenarsitzung des Stadtgerichts zu Berlin als Auskultator eingeführt und vereidigt. Über seine Thätigkeit in dieser Stellung
liegen ehrende Zeugnisse vor; bei der zweiten Prüfung, welche er
am 1. Juni 1832 mit günstigem Erfolge bestand, war Eichmann,
mit dem er später in Königsberg genau befreundet wurde, unter
seinen Examinatoren. Am 25. Juni desselben Jahres wurde er
als Referendar beim Kammergericht eingeführt; wie rasch und mit
welchem Geschick er die neue Aufgabe bewältigte, das ist auch hier
amtlich bezeugt. Übereinstimmend wird sein Eifer, seine Gründ-
lichkeit, Zuverlässigkeit, Selbständigkeit und Gewandtheit, seine
klare und bündige Darstellung, seine ausgebreitete Rechtskenntnis
und sein besonnenes Urteil gerühmt. Eine ungewöhnliche Anerkennung spricht sich in der Thatsache aus, daß der überbürdete
Kammergerichtsrat Bornemann, im Jahre 1848 Justizminister,
seine Hilfe für die Bearbeitung der Beschwerdesachen erbat. Erwähnung verdient hier noch der Freimut, mit welchem er zuerst
und an der Spitze sämmtlicher Kammergerichtsreferendarien sich
gegen eine ungerechte und selbst ungesetzliche Verfügung des damaligen Justizministers von Mühler, seines späteren Schwieger-
vaters, erhob; doch mit dem Erfolge, daß der Minister nach
einiger Zeit seine Vorwürfe und Androhungen, wenn auch nur
mittelbar durch Worte der Anerkennung für den Fleiß und das
Ehrgefühl der Herren Referendarien, zurücknahm. Im Jahre
1835 unterzog er sich der dritten Prüfung; der sehr anerkennende
Bericht über den Ausfall derselben spricht ihm namentlich eine vorzügliche Gabe des mündlichen Vortrags zu. Sonach wurde er am
14. August 1835 zum Kammergerichtsassessor ernannt und schon
im October desselben Jahrs zur Vertretung eines Rates an das
Oberlandesgericht in Naumburg mit vollem Stimmrecht entsandt.
Auch nach Ablauf dieses Auftrages wurde er dort auf den Antrag

seines Präsidenten als Hilfsarbeiter für die Dauer des Bedürf=
nisses belassen. Wie er daselbst neben seiner weiteren Ausbildung
im Justizdienst eine edle von geistigen und künstlerischen Be=
strebungen durchzogene Geselligkeit in erquickendem Verkehr mit
neugewonnenen Freunden pflegen durfte, das wird in einem be=
sonderen Bilde geschildert werden.

Allein der Aufenthalt in Naumburg sollte ihm ein weit
größeres Gut bringen: am 4. Mai 1837 führte er Auguste von
Mühler, Tochter des damaligen Justizministers, als Gattin heim,
mit welcher er bis zu ihrem am 5. September 1877 erfolgten
Tode in glücklichster Ehe, im innigsten Einklang des Geistes und
Gemüts, in gegenseitiger Anregung und Ergänzung ihrer Eigen=
art und zur Gewinnung derselben höchsten Grundsätze und An=
schauungen gelebt hat.

Am 20. Dezember 1838, also noch vor vollendetem neunund=
zwanzigstem Lebensjahre wurde von Goßler zum Kreisjustizrat
und Direktor des Land= und Stadtgerichts in Weißenfels ernannt,
nachdem er vorher am 5. August das Anerbieten der gleichen
Stelle in Suhl abgelehnt hatte; im April 1839 trat er sein neues
Amt an. Die selbständige und verantwortungsvolle Stellung eines
Gerichtsdirektors stimmte mit seinen Wünschen und Anlagen so
sehr überein, daß er in ihr noch bei seinem Jubiläum seinen
Lebensberuf erkannt und erfüllt zu haben meinte. Hiermit streitet
nicht, daß ihm die engen Verhältnisse und das kleine Gericht in
Weißenfels nicht dauernd genügten, da sein lebendiger Geist einer
reicheren Nahrung und größerer Aufgaben bedurfte. Gleichwol
lehnte er die Aufforderung, als Hilfsarbeiter beim Kammergericht
einzutreten, ohne weiteres ab; nach einigem Besinnen auch die
Aussicht, als Oberkonsistorialrat und Justitiar in das Konsistorium
zu Breslau berufen zu werden, wofür ihn schon damals seine

Allgemeinbildung, seine lebendige Religiosität und die Gabe persönlicher Einwirkung auf andere empfohlen hatte. Allein er wollte nach seinen eigenen Worten der Fahne der Themis und dem eigentlichen Richterberufe treu bleiben, und andererseits scheute er ebenso ausgesprochenermaßen bei seiner zwar innigen aber vermittelnden kirchlichen Richtung die Möglichkeit manigfacher Untersuchungsführung gegen Geistliche, welche in jener erregten Zeit so leicht dem Verdacht der Irrlehre verfielen. Um so mehr befriedigte ihn im Jahre 1844 seine Versetzung in gleicher Amtseigenschaft nach Merseburg, wo er ein größeres Gericht und einen umfassenderen Amtskreis, daneben auch eine gesellig und geistig anregendere Umgebung fand.

Es darf als ein glänzender Beweis seiner auch hier bewährten Tüchtigkeit angesehen werden, daß er 1846 und zwar auf unmittelbaren Befehl des Königs als Direktor an das Stadtgericht in Potsdam versetzt wurde. Dort fand er einen Wirkungskreis, welcher nach der Fülle und der Bedeutung der Aufgaben seiner Neigung und Begabung vollauf entsprach und nach seiner allgemeinen Natur wie auch in einzelnen Zielen als eine unmittelbare Vorübung für sein späteres Amt gelten darf; kein Wunder, daß von Goßler sich in demselben mit eben so viel Eifer als Erfolg bewegte. In diese Zeit fiel die tief eingreifende Umgestaltung unserer Gerichtsverfassung nach den Verordnungen vom 2. und 3. Januar 1849: also die Umwandlung des Stadtgerichts zu Potsdam in ein Kreisgericht, zu dessen Direktor Goßler am 3. Mai 1850 ernannt wurde, und vornehmlich die Einführung des mündlichen und öffentlichen Verfahrens, sowie die Einrichtung der Geschworenengerichte. Diese schwierigen Aufgaben faßte Goßler mit solcher Klarheit und Gewandtheit an, daß er daselbst allemal, vertretungsweise auch in Prenzlau mit der Leitung der Schwur-

gerichtsſitzungen beauftragt wurde. Dazu kam ein völliger Um=
bau des dortigen Gerichts, welchem er die eingehendſte Teilnahme
ſchenkte; ſein in ſpäteren Amtsſtellungen öfter bewährtes bauliches
Geſchick mag hier die erſte Anregung und Ausbildung erfahren
haben. Widerholt wurde ihm von dem Kammergericht für die
umſichtige und thatkräftige Leitung des Gerichts, für ſeine rege
Beteiligung an der ſachlichen Bearbeitung der Geſchäfte und für
den in anſtrengender Thätigkeit von ihm bewieſenen Dienſteifer
die ehrendſte Anerkennung ausgeſprochen; der Präſident rühmte
ihn als den beſten Direktor des Bezirks, welcher ſich zu einem
Obergerichtspräſidenten ſehr wol eigne. Rechnen wir hierzu, daß
ſeine muſikaliſchen und geſelligen Neigungen in Potsdam volle
Befriedigung fanden und daß ſich dort auch für ſeine Gattin,
ähnlich wie früher in Naumburg, die innigſten und wolthuendſten
Verbindungen knüpften, ſo kann es nicht überraſchen, daß er nach
neunjährigem Aufenthalt dem Rufe in eine höhere Stellung zwar
ohne Zaudern, aber doch in ſchmerzlicher Bewegung über das
Scheiden von lieben Menſchen und Verhältniſſen folgte.

Am 21. Mai 1855 wurde von Goßler zum Vicepräſidenten
bei dem damaligen Appellationsgericht in Königsberg ernannt,
deſſen erſter Vorſitzender von Zander ihn am 4. Juli dieſes Jahrs
in ſein neues Amt einführte; das Gericht erhielt durch den Könige
lichen Erlaß vom 25. Oktober 1856 ſeinen früheren ehrwürdigen
Namen als Oſtpreußiſches Tribunal zurück. Nach abermals neun=
jähriger Dienſtzeit wurde G. von Goßler am 9. April 1864 zum
erſten Präſidenten des Appellationsgerichts in Inſterburg ernannt;
am 1. September 1868 kehrte er nach Königsberg zurück, um die
durch das Ableben des Kanzlers von Zander erledigte Stelle des
erſten Präſidenten am Oſtpreußiſchen Tribunal für die übrige
Dauer ſeines Lebens einzunehmen. Seine billige und weitherzige

2

Auffassung der Menschen und der Verhältnisse trug ihm die schöne
Frucht, daß er auch an den neuen Wohnsitzen und unter fremd=
artiger Umgebung sich wenn nicht sofort heimisch, so doch wol
und ungehemmt fühlte; seinen Insterburger Aufenthalt hat er
widerholt mit Befriedigung als eine Zeit der inneren Samm=
lung bezeichnet. Die Anwesenheit Seiner Majestät in Königs=
berg brachte ihm am 13. September 1869 die Ernennung
zum Kanzler des Königreichs Preußen und hiermit seine Be=
rufung in das preußische Herrenhaus*); zwei Monat später er=
folgte durch Allerhöchste Verordnung vom 17. November seine
Ernennung zum Kronsyndikus. Wie er diese Ehrenämter auf=
faßte, ist noch genauer darzustellen; ebenso daß er zehn Jahre
später in seinem Hauptamte die neue durch die Reichsgesetzgebung
bedingte Ordnung und Gliederung des gesammten Gerichtswesens
in der Provinz Ostpreußen ins Leben zu führen hatte. Seinen
lebhaften Wunsch, dem Königsberger Obergericht, welches fortan
auch den bisherigen Gerichtssprengel des Obergerichts in Inster=
burg einschloß, den altgeschichtlichen Namen des Tribunals zu er=
halten, vermochte er zu seinem schmerzlichen Bedauern nicht durch=
zusetzen; übrigens vollzog sich die große Umwandlung, Dank seiner
Umsicht und Thatkraft, so glatt und mit solcher Fürsorge für die
richterlichen Beamten, daß dem Kanzler das volle Lob des Justiz=
ministers zu Teil wurde. Auch sonst fand er reiche Anerkennung:
schon 1862 hatte ihn die juristische Fakultät der Königsberger
Albertus=Universität bei der Einweihung des neuen Gebäudes
honoris causa zum Doctor juris ernannt**). Seit 1859 Ehren=
ritter des Johanniterordens wurde er 1869 wegen seiner thätigen
Mitwirkung bei Linderung des großen Elends im Notjahre 1867

*) Anhang Nr. 3.
**) Anhang Nr. 4.

zum Rechtsritter dieses Ordens befördert. Im Jahre 1866 erhielt er den Rothen Adlerorden zweiter Klasse und 1876 den Stern zu demselben; 1879 wurde ihm der Kronen-Orden erster Klasse und bei seinem Amtsjubiläum 1880 Stern und Kreuz der Komthure vom Hohenzollernschen Hausorden verliehen.

Nicht mindere Würdigung verdient, daß er in einer Zeit und einer Provinz des leidenschaftlichsten Parteigetriebes sich die allgemeine Achtung und selbst Zuneigung seiner Mitbürger ungeachtet seiner offenbekundeten Königstreue erwarb, wovon die Feier seines eben erwähnten Jubiläums den unzweidentigsten und erfreulichsten Beweis lieferte. Nicht nur die ihm nächst verbundenen Behörden, keine Körperschaft der Stadt oder der Provinz, sei es im Staat oder aus der Kirche, aus dem Heere oder der Bürgerschaft, wollte sich die laute Verehrung des Mannes versagen, welcher in Religiosität und Vaterlandsliebe, in gerechter Führung seines richterlichen Amts, in Pflege der Kunst und edler Geselligkeit unter den ersten stand[*]). Dies muß um so höher veranschlagt werden, als die spröde und kritische Sinnesart des Ostpreußen sich nicht leicht der unbefangenen Anerkennung amtlichen Verdienstes öffnet, freilich auch um so wärmer und anhänglicher sich erweist, wenn die ursprüngliche Kruste durchbrochen ist.

Die umfängliche Wirksamkeit, welche der Kanzler sich in und neben seinem Amte zu sichern wußte, wird, wie schon bemerkt, in besondern Bildern gezeichnet werden; hier ist aber noch einzufügen, daß der Reichtum und die Innigkeit seines Familienlebens für ihn der Quell war, in welchem seine Kraft und sein Gemüt sich immerfort stärkte und läuterte. Denn reich war dieses Leben in seinen Gaben, aber auch in seinen Prüfungen: von elf Kindern

---

[*]) Anhang Nr. 5.

waren dem Elternpaar zwei im zarten Alter entrissen, zwei blü=
hende Töchter und ein liebenswürdiger Schwiegersohn schieden nach
kurzem Eheglück, und neben mehreren hoffnungsvollen Enkeln
mußte er endlich auch die Lebensgefährtin missen, ein Vorbild
selbst noch in der Freundlichkeit und Anmut, mit welcher sie ihr
schweres Leiden bis in ihre letzten Tage den ihrigen zu verdecken
und zu lindern suchte. Alle diese Heimsuchungen trug der Kanz=
ler nicht etwa in stoischer Selbstbezwingung, sein Herz war viel=
mehr auch dem Schmerze zugänglich, sondern mit dem Mute und
der Demut eines Christen, welcher sich durch solch göttlichen Weck=
ruf zu tieferer Erkenntnis und reinerer Empfindung gefördert fühlt.

Die juristische Ausbildung und die frühere amtliche Wirksam=
keit Goßlers ist zugleich mit seinem Lebensgange im vorigen Ab=
schnitt dargestellt; es bezeichnet seine Neigung und Begabung zur
Verwaltung, daß er schon damals die ihm aufgetragenen Revisionen
mit gewissenhafter Strenge vollzog, ebenso daß er sich mit den
Direktoren benachbarter Gerichtssprengel, so mit Wenzel in Halle,
dem späteren Oberstaatsanwalt in Berlin und Obergerichtspräsi=
denten in Ratibor, und mit von Schlieckmann in Querfurt in
Verbindung setzte, um durch Austausch ihrer Generalberichte weitere
Anschauungen zu gewinnen und in manchen Dingen ein gemein=
sames Vorgehen zu ermöglichen. Dieses lebendige Streben und
die an mehreren Stellen bewährte direktoriale Tüchtigkeit lieferte
die geeignete Voraussetzung für die hervorragende Thätigkeit, welche
er in den letzten dreißig Jahren seines Lebens der Justizverwaltung
in Ostpreußen widmen sollte und welche nunmehr nach ihren
Hauptzügen zu schildern ist.

In hohem Grade besaß von Goßler diejenigen Eigenschaften,
deren er in der verantwortungsvollen Stelle eines Präsidenten für
einen so umfangreichen Bezirk bedurfte: gründliche und umfassende
Kenntnisse, welche er stetig zu vertiefen bestrebt war, einen weiten
Blick, Schärfe des Urteils, die Gabe klarer und treffender Rede,

ein ausgezeichnetes Organisationstalent, große Thatkraft gepaart
mit gleichgroßem Wolwollen und herzgewinnender Freundlichkeit,
vortreffliche Menschenkenntnis und ein natürliches Geschick andere
zu leiten. Dazu kam eine unermüdliche Arbeitslust: rückhaltlos
widmete er sich allen Aufgaben, welche an ihn herantraten, bis
zum Schlusse seines Lebens.

Mit Recht hielt er es für eine seiner vornehmsten Pflichten,
aus eigner Anschauung eine lebendige Kenntnis seines ganzen Bezirks zu gewinnen. Es war ihm geradezu ein Bedürfnis durch
häufige Revisionsreisen die ihm untergebenen Beamten innerhalb
ihrer Wirksamkeit beurteilen zu lernen, sich von der Lage der Geschäfte zu unterrichten und mit den örtlichen Verhältnissen vertraut
zu machen. Er sah hierin das wirksamste Mittel, anregend auf
die Richter und ihre Berufsthätigkeit einzuwirken; auch gewann
er so die Möglichkeit, bei seinen Entschließungen über etwaige
Veränderungen auf Grund eigner Kenntnis den Forderungen des
Dienstes wie den Neigungen und den Fähigkeiten des Einzelnen
gerecht zu werden. Sein offener Blick, seine Gewandtheit und
Umsicht, auch die gewinnende Art seines Wesens kamen ihm auf
solchen Reisen vortrefflich zu statten: mancher hat erfahren, wie
er in unwiderstehlicher Weise oft mehr herauszufragen verstand,
als man zu beantworten Lust hatte. Wenn er nun in seinen Berichten sich eingehend über die Eigenart und die Vorzüge der
einzelnen Richter zu äußeren liebte, so war man sicher, daß er
sein Urteil stets nur auf Grund persönlicher Kenntnis abgab oder
aber, sofern er hierzu im Einzelfall ausnahmsweise nicht im Stande
war, dies ausdrücklich zu bemerken nie versäumte.

Neben der näheren Bekanntschaft mit den Richtern waren es
namentlich die Bauten, welche seine besondere Teilnahme in Anspruch nahmen. Auch als Präsident bearbeitete er persönlich und

mit Vorliebe die Bauangelegenheiten; auf seinen Reisen unterzog er die Gerichtsgebäude und Gefängnisse einer sorgfältigen Besichtigung, auch hier lassen seine sachgemäßen Darlegungen erkennen, daß er nur nach eigenen Erwägungen urteilte und selbst unscheinbare Dinge mit regem Verständnis verfolgte. Manche bedeutende Bauwerke sind unter seiner Verwaltung ausgeführt worden; alte Baureste aus der Ordenszeit suchte er mit liebevollem historischen Sinn nach Möglichkeit zu erhalten und äußerte laute Freude, wenn er irgendwo ein schönes Gewölbe fand. Besonders oft und nachdrücklich wies er auf den großen, nur zu häufig unterschätzten Einfluß hin, welchen der Zustand der Baulichkeiten auf die Leistungen der Gerichte und die Arbeitsfreudigkeit der Beamten auszuüben vermag.

Bei alledem kam er mit peinlicher Gewissenhaftigkeit den Pflichten nach, welche die laufenden Geschäfte seines Obergerichts ihm auferlegten. In den Plenarversammlungen wuste er die Verhandlungen sehr geschickt zu leiten: er hielt darauf, daß der Vortragende erst mit knappen Worten den Kernpunkt des Beratungsgegenstandes darlegte, hierbei drang er stets auf Kürze und Bündigkeit des Vortrags und unterbrach denselben sofort, wenn er zu lange bei Nebendingen zu verweilen schien. Man muste aber sehr gut vorbereitet sein und namentlich jederzeit das Gesetzbuch aufschlagen können; wo steht das? war eine ihm überaus geläufige Frage. Er hielt ferner darauf, daß es bei den Verhandlungen ruhig und geordnet herging; zu leidenschaftlichen Äußerungen ließ er es nie kommen. Gewöhnlich deutete er gleich nach dem Vortragenden seine Meinung an, jedoch vorerst nach Art einer Frage, welche zu Erwägungen auffordern, aber Zweifel und Einwendungen nicht ausschließen soll. Überhaupt liebte er vor allem anregend auf die Beratungen zu wirken: trat er mit Entschieden-

heit für eine bestimmte Meinung ein, so gereichte es ihm sichtlich
zur Befriedigung, wenn die Mehrheit ihm beifiel, ohne daß er
über eine Abstimmung in entgegengesetzter Richtung empfindlich
geworden wäre.

Besonders wert war ihm das Richteramt, welches er als Vorsitzender seines Senates übte; mochte die Masse der Präsidial-
geschäfte noch so sehr wachsen, den in seinem Senat zu erfüllenden
Pflichten durfte dadurch kein Abbruch geschehen. Nur wenn er
verreist oder ernstlich erkrankt war, ließ er hier eine Vertretung
zu; acht Tage vor seinem Tode führte er zum letzten Male den
Vorsitz. So vielseitig auch seine Begabung und so manigfach
seine Wirksamkeit war, sein Richteramt stand ihm stets obenan,
in ihm erkannte er seinen inneren Beruf. Große Sorgfalt ver-
wendete er auf seine Vorbereitung zu diesen Senatssitzungen. Von
den Referenten erwartete er ein ausführliches Votum, möglichst
in solcher Fassung, daß dasselbe gleich als Urteilsentwurf Verwendung finden konnte. Bei den Vorträgen der Rechtsanwälte
sah er auf sachgemäße Kürze; aufmerksam folgte er, nahm auch
nötigenfalls auf Ergänzungen Bedacht, unnütze Ausführungen und
Wiederholungen schnitt er ab, zumal in letzter Zeit, da ihm langes
Sitzen beschwerlich fiel. Mit Leichtigkeit faßte er den vorgetragenen
Fall, sowie die Meinungen der Anwälte und Richter auf und traf
meist mit scharfem Blick den juristischen Kernpunkt. Bei der
Urteilsfällung stand ihm eine gründliche Gesetzeskenntnis zur Seite;
in der Vertrautheit mit dem Allgemeinen Landrecht kamen ihm
wenige gleich. Aber auch in der neueren Gesetzgebung war er
heimisch; in die umfassenden und einschneidenden Reichsjustizgesetze
arbeitete er sich trotz seiner hohen Jahre mit jugendlichem Eifer
hinein. Sein Hauptaugenmerk war stets darauf gerichtet, daß der
Rechtsfall materiell richtig entschieden wurde; so bereitwillig er

die Arbeiten und Ansichten seiner Beisitzer anerkannte, so entschieden trat er für seine abweichende Überzeugung ein, wenn sein
Gefühl das materielle Recht und die Moral auf derjenigen Seite
zu finden glaubte, welcher der Wortlaut des Gesetzes oder der ge-
führte Beweis minder günstig war. Hielt man ihm in solchen
Fällen Einwendungen formeller Natur oder Gesetzesparagraphen
entgegen, so konnte er augenblicklich sehr lebhaft werden; es galt
ihm als ein besonderer Vorzug des neuen deutschen Prozeßverfahrens,
daß das materielle Recht nun nicht so leicht der formalen Strenge
des Prozeßrechts erliegen durfte.

Nächst der eigenen richterlichen Thätigkeit ließ er sich die
Ausbildung des juristischen Nachwuchses besonders angelegen sein.
Als er nach Königsberg kam, fand er vielfach schwierige Verhältnisse vor; manchen Mitgliedern des Gerichts hatten Alter und
Krankheit die frühere Tüchtigkeit geraubt und es war nicht immer
möglich, dieses Mißverhältnis durch stärkere Anspannung der übrigen
Räte auszugleichen. Am empfindlichsten waren aber die Mängel
im Prüfungswesen. Schon als Vicepräsident suchte von Goßler
hier auf eine Besserung hinzuwirken, soweit dies ohne Verletzung
der gebotenen Rücksichten möglich war. Mit Entschiedenheit sprach
er sich für eine Änderung in der Besetzung der Prüfungs-
kommissionen und namentlich für die damals noch nicht vorge-
sehene Heranziehung von Universitätsprofessoren zur ersten Prüfung
aus; auch sonst machte er Vorschläge, welche in der Folge Ver-
wirklichung fanden. Und Zeit seines Lebens blieb das Prüfungswesen wie der gesamte Vorbereitungsdienst der Referendare unausgesetzt ein Gegenstand seiner lebhaften Fürsorge; er bearbeitete
und erledigte dieses ganze Dezernat eigenhändig. In den Refe-
rendariatsprüfungen führte er stets den Vorsitz und prüfte stets
selbst, zu welchem Behufe er sich sorgfältig vorbereitete. Seine

umfassenden Kenntnisse, sein weiter Blick, die ideale Richtung,
vermöge deren er bis zuletzt mit lebendiger Teilnahme der Fort=
bildung der verschiedenen Rechtsgebiete zu folgen und die Ergeb=
nisse gelehrter Forschung sich anzueignen wußte, sicherten ihn vor
der einseitigen Beschränktheit, in welche der praktische Jurist als
Examinator leicht verfällt. Neben Civil= und Prozeßrecht berück=
sichtigte er vorzugsweise das öffentliche Recht, zumal Kirchen= und
Staatsrecht; aber er beschränkte sich nicht darauf. Eine besondere
Neigung widmete er den alten deutschen Rechtssprüchwörtern: gern
wählte er deren eines, um seine Bedeutung und Tragweite er=
kennen zu lassen. Auch anziehende Tagesereignisse von größerer
Bedeutung, z. B. der Hildesheimer Silberfund, boten ihm den
willkommenen Anlaß, um in ungesuchter Anknüpfung rechtswissen=
schaftliche Fragen aufzuwerfen und eingehend zu erörtern; er fand
hierin ein vortreffliches Mittel, die Rechtskenntnisse und zugleich
den Scharfsinn und die Urteilskraft der jungen Leute zu prüfen.
Auf dasselbe Ziel war eine reichhaltige Sammlung eigentümlich
gearteter Rechtsfälle gerichtet, welche sein ältester Sohn während
der Studienjahre auf Grund eines Gneistschen Pandektenheftes be=
arbeitet hatte. Seine Art des Prüfens konnte manchem Professor
zum Muster dienen; häufig klagte er, daß sich so selten ein guter
Examinator fände, welcher mit Verständnis auf die Antworten
einzugehen und ihre Folgerungen zu ziehen bestrebt sei. Er selbst
stellte strenge Anforderungen, falsche Antworten konnten ihn sehr
verstimmen; bei der schließlichen Beurteilung verfuhr er aber mit
Wolwollen und nahm dabei auf den Gang der gesammten Vor=
bildung der Kandidaten sorgfältig Rücksicht. Abhold jeder pedan=
tischen Morosität gönnte er der Jugend den fröhlichen Genuß der
akademischen Freiheit; der Gedanke, denselben durch Einführung
von Zwischenprüfungen verkümmert zu sehen, war ihm in innerster

Seele zuwider. Aber ebenso entschieden verlangte er von den
Studierenden ein ernstes wissenschaftliches Streben, welches unbeirrt
durch zeitweilige Zerstreuungen mit Eifer und Anstrengung das
vorgesteckte Ziel zu erringen sucht. Großen Wert legte er darauf,
wenn sie in ihren letzten Semestern sich an den Seminarübungen
beteiligten oder zu Wiederholungskränzchen vereinigten. Ungünstige
Prüfungsergebnisse konnten ihn tief bekümmern; er gieng ihren
Ursachen bis zur genauen Durchmusterung der gymnasialen Ab-
gangszeugnisse nach. Es gereichte ihm hierbei zur Beruhigung,
daß die auf Zurückweisung lautenden Beschlüsse fast immer mit
Einstimmigkeit gefaßt wurden. So hat die große Mehrzahl der
jüngeren Justiz- und Verwaltungsbeamten in Ostpreußen vor ihm
die erste Staatsprüfung abgelegt und demnächst unter seinen Augen
den praktischen Vorbereitungsdienst vollendet.

Für diesen Vorbereitungsdienst forderte er ebenfalls eine möglichst freie, nicht in die Schranken mechanischer Abrichtung und
äußerer Schulung gebundene Entwickelung; er verwarf jeden Zwang,
von dessen Notwendigkeit er nicht überzeugt war, und die Vor-
schrift, nach welcher die Referendarien ihre erste Ausbildung der
Regel nach bei kleinen Gerichten empfangen sollten, gereichte ihm
sehr zum Anstoß. Von dem Vorbehalt, welcher eine schonende
Berücksichtigung der persönlichen Verhältnisse offen ließ, machte
er in seiner wolwollenden Milde den ausgedehntesten Gebrauch;
aber das genügte ihm nicht, der Grundsatz selbst war wider seine
Überzeugung. Das Leben in kleinem Ort und die Beschäftigung
bei dem dortigen Einzelrichter schienen ihm nicht so heilsam für
die Ausbildung der jungen Männer, wie die anregenden Beziehungen in größeren Verhältnissen und die Thätigkeit an einem
bedeutenderen mit tüchtigen Richtern besetzten Gericht. Lebhaft
vertrat er die Überzeugung, daß auch die sorgfältigste bis ins

einzelne gehende Anleitung keineswegs den Ausschlag gebe, daß
es vielmehr in erster Linie auf den eignen Eifer der jungen Leute,
ihre selbstthätige Ausbildung in ernster Arbeit und auf den be-
deutsamen Einfluß ankomme, welchen das Beispiel ausgezeichneter
Vorbilder auf sie zu üben vermöge. So urteilte er aus seiner
persönlichen Erfahrung und gedachte hierbei gern der Anregung,
welche er in den Plenarsitzungen des Stadtgerichts und des Kammer-
gerichts in Berlin empfangen hatte; um so mehr beklagte er, daß
durch die Justizeinrichtung von 1879 jene Plenarsitzungen ge-
schwunden waren.

Niemals hat von Goßler einen Referendar zur großen Staatsprüfung präsentiert, ohne ihn zuvor im letzten Abschnitt seiner
Ausbildung bei dem Tribunal genau kennen gelernt und persönlich seine Tüchtigkeit im Referieren erprobt zu haben. Mit Bedauern beobachtete er, daß gerade der Schulung in der Kunst des
Referierens, worin er den Höhepunkt der praktischen Ausbildung
und den hauptsächlichsten Prüfstein für einen tüchtigen Juristen
sah, das neue Prozeßverfahren wenig günstig war; er gab sich
persönlich die größte Mühe, diejenigen Referendarien, welche minder geübt zum Oberlandesgericht kamen, nach Kräften in jener
Richtung zu fördern. Wenn aber ein Referendar durch einige
Referate seinen Anforderungen genügt hatte, so gewährte er ihm
bereitwillig eine Einschränkung seiner Thätigkeit, um ihm die erforderliche Zeit zur gründlichen theoretischen Vorbereitung auf das
große Examen zu gönnen. Überhaupt drang er darauf, daß mit
der praktischen Ausbildung das wissenschaftliche Studium möglichst
Hand in Hand gienge; die vielfach übliche Einschulung zur letzten
Prüfung durch einen Berliner Repetitor rügte er als einen Miß-
brauch, wogegen er es gern sah, wenn Referendarien sich zu ge-
meinsamer wissenschaftlicher Arbeit zusammenfanden. Sobald der

Vorbereitungsdienst vollendet und auch der zum Abschluß des
theoretischen Studiums gewährte dreimonatliche Urlaub verstrichen
war, verlangte er alsbald die Meldung zur großen Staatsprüfung;
jeder Neigung zum Zögern trat er mit väterlichen Ermahnungen
und nötigenfalls mit den ernstesten Verfügungen entgegen. Unter
den dortigen Referendarien bestand die schöne Sitte, daß sie dem
Kanzler sofort von Berlin aus den glücklichen Ausfall der Prüfung anzeigten; sie wußten, welche Freude eine solche Nachricht
ihm stets bereitete.

Zu seinen hervorragendsten Eigenschaften gehörte eine uner-
schöpfliche Arbeitskraft, ein wahrhaft eiserner, keine Anstrengung
scheuender Fleiß. Wenn man ermißt, daß die Verwaltung und
die Rechtsprechung in einem so ausgedehnten Bezirk schon für sich
hohe Anforderungen an die Thätigkeit eines Mannes stellte, wenn
man ferner berücksichtigt, welches Maß an Zeit und Kraft er
anderweit den verschiedensten Interessen widmete, so ist es in der
That erstaunlich, wie viel dieser eine Mann zu leisten vermochte.
Noch in seinem siebenzigsten Lebensjahre bewährte er, wie schon
erwähnt, seine bewundernswürdige Kraft und sein Arbeitsgeschick an
den umfassenden Aufgaben, welche die auf den 1. Oktober 1879
anberaumte Einführung des Deutschen Gerichtsverfassungsgesetzes
und der deutschen Prozeßordnungen ihm stellten. Bei seinem unermüdlichen Fleiße verriet die zunehmende Masse der Vorbereitungs-
arbeiten, welche eine sorgsame, ja peinliche Behandlung erheischten,
nichts von den Beschwerden, welche sein Alter und sein leidender
Zustand mit sich brachten. Schon im April 1879 konnte er in
seinem Gesuch um den Urlaub zu der dringend gebotenen Badekur
mit Befriedigung darauf verweisen, daß die Listen und Vorschläge
über die zukünftige Verwendung der höheren und niederen Beamten
aufgestellt, die nötigen Bau- und Mietsverträge abgeschlossen und

alle zur sicheren und ordnungsmäßigen Überleitung dienlichen Maß=
regeln getroffen seien. Bei den gebotenen einschneidenden Ver=
änderungen war er unausgesetzt darauf bedacht, die Interessen der
einzelnen Beamten möglichst zu schonen und, so weit Härten un=
vermeidlich blieben, durch Erwirkung einer Anerkennung das bittere
Gefühl der Zurücksetzung thunlichst zu mildern. Pünktlich traten
in seinem fortan die ganze Provinz Ostpreußen umfassenden Be=
zirke alle neuen Gerichte zum vorbestimmten Tage mit voller
Kraft ins Leben. In Königsberg vollzog der Kanzler am Vor=
mittag des 1. Oktober 1879 mit feierlicher Rede die Eröffnung
des neuen Oberlandesgerichts, dessen leitender Präsident er fortan
sein sollte; in dem stattlich hergerichteten großen Sitzungssaal des
alten Schlosses ruhte sein Blick gerade an diesem Tage mit be=
sonderer Bewegung auf dem ehrwürdigen Schmucke des Raumes:
den lebensgroßen Bildnissen des großen Kurfürsten und aller
preußischen Könige, dem Justizthrone Königs Friedrichs I. und dem
Marmortische, welcher bei der Krönung dieses ersten Königs, wie
auch bei der des jetzigen Königs und ersten Kaisers, die Königs=
krone getragen hatte, diesen bedeutungsvollen, dem Kanzler so
theuren Denkzeichen einer hehren Vergangenheit. Gleich darauf
begab er sich in den Schwurgerichtssaal des Landgerichts, um auch hier
die Eröffnungsfeier für das Landgericht und das Amtsgericht zu
vollziehen. Mit aufrichtiger Freude begrüßte er die neuen Ord=
nungen; war er doch stets nach Kräften für die segensreiche Rechts=
einheit eingetreten, welche er nun für das Deutsche Reich verwirk=
licht fand. Mit jugendfrischem Eifer wußte er sich in die neuen
Gesetze einzuleben, für deren Vorzüge er einen sehr offenen Blick
hatte; manche dieser Vorzüge, welche seinen Anschauungen beson=
ders zusagten, wußte er nicht genug zu rühmen. Aber er hätte
sich selbst untreu werden müssen, wenn er nicht auch die Opfer

empfunden hätte, welche die neuen Errungenschaften kosteten. Er
verkannte nicht, daß nach einem unabänderlichen Gesetz auch jener
Fortschritt mit Opfern erkauft werden muste, und er fand sich darein;
aber er bedauerte den Verlust mancher an sich guten wie durch
das Herkommen bewährten Einrichtung, hierunter besonders, daß
seinem Obergericht der mit der ruhmvollen Geschichte der Provinz
und des Herrscherhauses eng verbundene Namen des ostpreußischen
Tribunals genommen wurde.

Aber auch sonst unterzog er sich bereitwillig den umfänglich=
sten und schwierigsten Arbeiten, ohne über ihnen die pünktliche
Erfüllung seiner nächsten Pflichten zu versäumen. Wenn das
Tribunal ein Gutachten über Gesetzesfragen erstatten sollte — und
dies war auch abgesehen von der Vorbereitung und Durchführung
der neuen großen Justizgesetze nicht selten der Fall —, so über=
nahm er selbst das Referat oder wenigstens das Korreferat und
widmete sich ganz seiner Aufgabe, mochte es sich dabei auch um
Fragen von minderer Bedeutung handeln. Dazu kam noch die
große Menge von Berichten, welche er aus den manigfachsten
Anlässen zu erstatten hatte: zumal die umfassenden Jahresberichte
an den Justizminister, in welchen die Präsidenten der Obergerichte
regelmäßig den Stand der gesammten Justizpflege ihres Bezirks
eingehend darzustellen haben, sind dreißig Jahre hindurch aus=
nahmslos von ihm selbst verfaßt worden. Gerade diese Berichte
mit ihren oft wertvollen Vorschlägen, welche stets von Erfahrung
und praktischem Blicke zeugen, lassen ersehen, wie er die verschie=
denen Zweige der Rechtspflege beherrschte und durch selbstthätige
Fürsorge zu fördern verstand; sie sind außerdem ein augenfälliges
Denkmal des Fleißes, gründlich, durchdacht und klar im Inhalt,
dabei gewandt und gefällig im Ausdruck, und bieten somit ein
treues Abbild seiner Persönlichkeit. Überhaupt war seiner Feder

eine natürliche und treffende Ausdrucksweise eigen. Seine Hand=
schrift vereinigte Deutlichkeit mit der größten Zierlichkeit, Gleich=
mäßigkeit und Sauberkeit; sogar die zahlreichen Blätter seines
Nachlasses, auf welchen er bis zuletzt je nach Anlaß die verschie=
densten Bemerkungen und Entwürfe, ja umfassende Auszüge aus
wissenschaftlichen Werken aufgezeichnet hat und welche sein unaus=
gesetztes Streben nach wissenschaftlicher Weiterbildung bekunden,
tragen diese Vorzüge.

Als edelste Zierde seines Charakters erscheint aber das unbe=
grenzte Wolwollen, die thatkräftige Fürsorge und die herzgewin=
nende Freundlichkeit, welche er seiner Umgebung entgegentrug.
Unermüdlich war er in der Sorge für das Wol seiner Beamten,
stets bereit, die besonderen Vorzüge eines jeden anzuerkennen, seinen
Schwächen thunlichst Nachsicht zu beweisen. Nichts war seinem
Wesen verhaßter als jene leidige Sucht, alles zu bekritteln und
hierdurch eine um so höhere Meinung von der eigenen Vortreff=
lichkeit zu wecken; er war im Gegenteil geneigt überall das Gute
hervorzuziehen und den Personen wie den Sachen die besten
Seiten abzugewinnen. So entschieden er auch als Vorgesetzter
einem unangemessenen öffentlichen Treiben seiner Beamten ent=
gegentrat, so beurteilte er doch die Fähigkeiten und Leistungen
eines Mannes nicht nach dessen politischer Gesinnung. Allem
Wissen und Können anderer erwies er die größte Achtung und ließ
sich die Unbefangenheit seines Urteils nicht leicht durch persönliche
Verstimmungen trüben. Über einen Richter, welcher sich in einer
Formfrage sehr halsstarrig gezeigt hatte, äußerte er längere Zeit
deshalb sein Misfallen; als aber ein Vertreter an das Oberlandes=
gericht einberufen werden muste, fiel seine Wahl gerade auf diesen
Richter, weil er denselben für besonders befähigt hielt. Eine Be=
förderung oder Auszeichnung, welche einem Beamten seines Be=

zirks zu Teil wurde, gereichte ihm selbst zu großer Freude. Eine seiner Hauptsorgen bildete Zeit seines Lebens die unbefriedigende Lage der Einzelrichter an kleinen Orten; hier hätte er gar zu gern durchgreifend abgeholfen, wenn dies möglich gewesen wäre. Tüchtige Kräfte unter den Richtern suchte er thunlichst in die ihren Fähigkeiten entsprechende Stellung zu bringen, bevor ihre Arbeitskraft in untergeordneter Thätigkeit erlahmte. Mit besonderer Befriedigung sah er auf diejenigen, welche auf seine Anregung hin zu einem höheren Wirkungskreise berufen worden waren, wenn gleich er ungern einen bewährten Arbeiter aus seiner Nähe entließ. Auch für die äußeren Bedürfnisse seiner Untergebenen hatte er ein offenes Herz und eine hilfsbereite Hand. Seiner Freude am Wohlthun kamen die zahlreichen Stiftungen entgegen, welche der Verwaltung und Aufsicht des Tribunals unterstanden; vermöge der für bedürftige Referendare gestifteten Stipendien — es waren deren elf zu einem jährlichen Betrage von je 300 Mark vorhanden — hat er manchen Beamten im Beginn seiner Laufbahn vor dem Untergange bewahrt.

Auch seiner Fürsorge für die Gefangenen darf an dieser Stelle gedacht werden. Er nahm die genaueste Kenntnis von ihrer Beschäftigung und ließ sich die Einführung gewisser Arten von Arbeiten, welche er anderwärts kennen und als geeignete Vorbereitung zur späteren Begründung eines ehrlichen Erwerbes schätzen gelernt hatte, persönlich angelegen sein. Zu den willkommensten Früchten seiner Bemühungen rechnete er die stetig wachsende Steigerung des Arbeitsverdienstes der Gefangenen; ein Teil davon floß bestimmungsmäßig den Unterstützungsgeldern für Waisen der Justizbeamten zu und gewährte ihm die Mittel, durch allmähliche Erhöhung der kärglich bemessenen Unterstützungen manche bittere Not zu lindern.

3

Im unmittelbaren Verkehr zeigte er die größte Liebenswürdig=
keit verbunden mit Offenheit und Lauterkeit der Gesinnung; sein
leutseliges und verbindliches Wesen lag weit ab von dem schroffen
und herrischen Tone eines Bureaukraten, auch bei seinen Unter=
gebenen trat er jeder Neigung zu solcher Unziemlichkeit entgegen.
Persönliche Anliegen fanden bei ihm die möglichste Berücksichti=
gung: geduldig und aufmerksam hörte er dem Gesuchsteller zu
und erteilte ihm gern je nach Lage der Sache offen und gerade
sogleich den geeigneten Bescheid, da ihm leere Redensarten und
Winkelzüge verhaßt waren. Bewerbern, welche er für höhere
Stellen nicht befähigt hielt, sagte er dies unumwunden; überhaupt
hielt er mit seinem Urteil nicht gern zurück. Hatte sich jemand
etwas zu Schulden kommen lassen, so kam es wol vor, daß er
ihn anscheinend sehr böse und mit strengen Worten empfieng;
aber er schnitt ihm nicht die Verteidigung ab und fiel bald, wenn
die Umstände es irgend erlaubten, in einen väterlich mahnenden
Ton. So freundlich und gütig er auch war, man fühlte doch
entschiedene Ehrerbietung vor ihm. Seinem Kollegium gegenüber
fühlte er sich gern in einer gleichsam hausväterlichen Stellung.
Peinlich empfand er es, wenn seinem herzlichen und vertraulichen
Wesen eine Persönlichkeit von starrem unzugänglichen Charakter
sich entzog; es wurde ihm schwer, dann ein rechtes Verhältnis zu
gewinnen, und er konnte sich lange mit dem Gedanken quälen, ob
er selbst vielleicht irgend etwas versehen habe. Ein verschlossener
Mensch in seiner Nähe war ihm ein Gegenstand dauernder Un=
ruhe und es kostete ihn die größte Überwindung, ebenfalls eine
kühle Zurückhaltung zu beobachten; doch mußte man die Geduld
bewundern, mit welcher er solch unvermeidliches Geschick zu tragen
wußte.

Hatte er bei einer Meinungsverschiedenheit mit besonderer

Lebhaftigkeit eine Ansicht bekämpft, gleichviel mit welchem Erfolge, so kam ihm leicht die Sorge, er möchte den Gegner absichtslos verletzt haben; in solchem Falle war es ihm Bedürfnis, eine freundliche Annäherung zu suchen, ja nach Umständen sich ausdrücklich wegen seiner Heftigkeit zu entschuldigen. Anderen schenkte er gern Nachsicht und Verzeihung und trug nie im Groll etwas nach, da er hierzu bei seiner außerordentlichen Herzensgüte geradezu unfähig war. Einst hatte ein Rechtskandidat die Prüfung vor ihm nicht bestanden und hierauf in erregter Stimmung einen sehr beleidigenden Brief an ihn abgesandt. Ernüchtert wollte der junge Mann dem verhängnisvollen Schreiben noch möglichst Einhalt thun: es fand sich, daß der Kanzler dasselbe mit einem kurzen Vermerk über die moralische Unreife des Absenders lediglich zu den Akten genommen hatte. Und als jener sich wiederum und mit besserem Erfolge zur Prüfung stellte, nahm er zu seiner Beschämung wahr, wie der Kanzler in seinem gleichmäßig wolwollenden Benehmen auch nicht die leiseste Erinnerung an das Schreiben verriet.

Kein Wunder, daß ein solcher Mann weit über den Kreis seiner näheren Umgebung hinaus sich der allgemeinen Liebe und Verehrung in ungewöhnlichem Grade erfreute. Der Zauber seiner Persönlichkeit, in welcher sich ehrfurchtgebietende Würde und vertrauenerweckende Herzlichkeit in eigentümlicher Weise verband, nahm auch diejenigen gefangen, welche seinem Wirken ferner standen. Um so erklärlicher war die treue Anhänglichkeit derer, welche sich in unmittelbarem amtlichen Verkehr durch ihn im Wissen und Handeln gefördert, in ihrer Stellung gehoben und ihren Beruf in edelster und zugleich nachdrücklichster Weise vertreten sahen; um so begreiflicher ihr Bestreben, sich dieses Vorgesetzten durch treue Pflichterfüllung würdig zu zeigen. Die schöne

3*

Frucht solcher Leitung und solcher Nacheiferung trat zu Tage, als
im September 1882 der Justizminister Dr. Friedberg Ostpreußen
in amtlicher Eigenschaft besuchte. Seit der Regierung Friedrichs
des Großen hatte kein Justizminister das ostpreußische Gerichts=
wesen persönlich geprüft; um so dringender hatte der Kanzler dem
Haupte der Justizverwaltung den Wunsch eines solchen Besuchs
widerholt ausgesprochen. Nun durfte er denselben in feierlicher
Versammlung des Oberlandesgerichts mit einer Ansprache be=
grüßen, welche der eigentümlichen Vergangenheit dieses Gerichts
gedachte und auf die Bedeutung der historischen Kleinodien im
Sitzungssaale hinwies, und ihn dann zur Besichtigung der Gerichte
und Gefängnisse geleiten. Aus eigener Anschauung gewann somit
der Minister die Überzeugung, daß der Zustand der ostpreußischen
Rechtspflege in jeder Beziehung ein befriedigender war, und unter
rühmender Anerkennung der Verdienste des Kanzlers sprach er seine
besondere Freude darüber aus, wie derselbe, mit allen Verhältnissen
der Provinz seit vielen Jahren vertraut, überall verehrt und beliebt, seine
verantwortliche Stellung als Leiter der Rechtspflege mit glücklichstem
Erfolge ausfüllte. Als eine besonders willkommene Frucht dieser
Reise begrüßte es der Kanzler, daß in der Folge die von ihm
beantragte Errichtung eines Landgerichts in Memel zur Ausfüh=
rung gebracht wurde; er hatte dieselbe schon früher mit aller
Wärme befürwortet, da er diese Forderung nach der Bedeutung
der Stadt und der Eigentümlichkeit ihrer Lage aus eigener An=
schauung als völlig begründet erkannt hatte.

Die schließliche Amtsstellung Gustavs von Goßler öffnete ihm zugleich den Weg zu politischer Wirksamkeit, so gern er sonst sich der unruhigen Bewegung des öffentlichen Lebens entzog; sein innerer Beruf zum Richteramt widersprach aller Parteisucht und seine Sinnesweise lenkte ihn mehr auf Wirkungsgebiete, deren Bahnen und Ziele er klar zu übersehen und wo möglich selbständig zu bestimmen vermochte. Aber seine Ernennung zum Kanzler brachte seine Berufung in das preußische Herrenhaus mit sich und legte ihm politische Verpflichtungen auf, welche er nunmehr wie jede Pflicht nach bestem Wissen und Wollen zu erfüllen suchte und in der That zum Wole des Staats, zur Förderung der Geschäfte und zu eignem Ruhme wirklich erfüllt hat. Auch ist richtig, daß unter allen Auszeichnungen ihn keine tiefer beglückt hat, als die Verleihung des Kanzleramtes, nicht nur wegen des mit demselben verbundenen hohen Ranges sondern weit mehr noch wegen der geschichtlichen von einer glorreichen vaterländischen Entwickelung getragenen Weihe, welche diese Würde vor anderen Staatsämtern hervorhob.

In dem alten Ordenslande Preußen hatten dem Hochmeister vier Großgebietiger als Räte zur Seite gestanden; an ihre Stelle traten nach Umwandlung des Ordensstaats in ein weltliches

Herzogtum vier Oberregimentsräte: der Landhofmeister, der
Oberburggraf, der Kanzler und der Obermarschall. In der Regel
dem alten Adel des Landes entnommen standen sie an der Spitze
der Verwaltung und führten ihrer außerordentlichen fast fürstlichen
Machtstellung entsprechend auch den Titel Regenten*). Als unter
brandenburgisch=preußischer Herrschaft eine andere Staatsordnung
begann und namentlich durch den Großen Kurfürsten die straffen
und monarchischen Grundlagen eines rasch erstarkenden Staats=
wesens gelegt wurden, da wurden jene Regimentsräte allmählich
ihrer Machtfülle entkleidet und traten schließlich in die Reihe der
hohen Hofwürdenträger ein; im Jahre 1712 erhielten sie den Cha=
rakter Geheimer Etatsräte mit dem Prädikat Excellenz. Friedrich
Wilhelm IV. verlieh, wie schon bemerkt, den Inhabern der vier
großen Landesämter im Königreich Preußen das Recht, als lebens=
längliche Mitglieder in die erste Kammer, das spätere preußische
Herrenhaus, einzutreten**.) Als das älteste dieser Ämter erscheint
das Kanzleramt, in welches zuerst Georg von Polenz, Bischof von
Samland, wegen seiner treuen und opferwilligen Dienste von dem
ersten Herzog Albrecht als oberster Kanzler des Herzogtums Preußen
eingesetzt wurde. Der Kanzler war Großsiegelbewahrer und hatte bei
feierlichen Aufzügen, bei Krönungen und Huldigungen, das große
Reichssiegel zu tragen; auch sollte er die Namens des Landesherrn
zu haltenden Reden verrichten. Am bedeutsamsten tritt aber von
jeher seine Beziehung zur Justizverwaltung hervor, deren Haupt
er als Präsident des Hofgerichts und später des Tribunals ist,
und eben diese Verbindung hat alle Wandlungen der Verhältnisse
überdauert, insofern nach langjährigem Herkommen nur die Königs=
berger Tribunalspräsidenten, meist nach mehrjähriger Führung

---

*) Anhang Nr. 6.
**) Anhang Nr. 3.

dieses Amtes, durch Verleihung der Kanzlerwürde ausgezeichnet
wurden.

Georg von Polenz war übrigens oberster Kanzler, neben
welchem stets noch ein Kanzler, und zwar nach einander drei in
Thätigkeit waren. Je nachdem man diese mitzählt, war G. von
Goßler der 24., 26. oder 28. in der Reihe der Kanzler; kaum
ein Jahr nach Eintritt in die Tribunalspräsidentur wurde ihm die
neue Würde zu Teil, von deren Verleihung er die erste über=
raschende Mitteilung aus dem eigenen Munde seines Königs
empfieng. Für ihn war indes diese neue Würde nicht lediglich
eine Rangerhöhung, welche ihn unter die ersten Räte der Krone
reihte, sondern ein wirkliches Amt mit besonderen Pflichten und
einem eigentümlich gearteten Wirkungskreise. Diesen sah er nicht
etwa darin allein, daß bei einigen Stiftungen, welche das Tribunal
verwaltete, die Oberaufsicht mit gewissen Befugnissen statutarisch
dem Kanzler zustand; vielmehr strebte er dem Kanzleramte über
den Titel und den Rang hinaus einen besonderen Inhalt zu geben,
indem er möglichst aus der Landesgeschichte heraus und abgesehen
von seiner richterlichen Stellung sich als den Repräsentanten der
Rechtspflege im alten Königreich Preußen fühlte. In diesem
Sinne machte er sich mit den Verhältnissen der älteren ein=
heimischen Adelsfamilien vertraut und liebte es, wenn dieselben
ihn in Rechtsangelegenheiten, welche sich auf Lehne, Fideikommisse,
Erbschaften u. dgl. bezogen, persönlich um Rat fragten. Solche
Fälle bestimmte er zum Vortrage und sorgte dafür, daß auch die
ablehnenden Bescheide in höflichem Tone gehalten wurden, fügte
auch wol selbst eine gefälligere Wendung hinzu. Und wenn er
nach einem besonderen Auftrage des Königs im Interesse einer
Adelsfamilie schwierige Verhandlungen zu führen hatte, nach deren
erfolgreicher Erledigung ein huldvoller Erlaß ihm für seine Hin=

gabe und bewährte Pflichttreue die Allerhöchste Anerkennung aus-
sprach, so erblickte er auch in solcher Wirksamkeit die Bethätigung
einer besonderen Amtspflicht des Kanzlers.

Seinen Sitz im Herrenhause nahm von Goßler bei Eröffnung
der nächsten Session am 6. October 1869 ein und widmete sich
hier alsbald mit vollem Eifer und sichtbarem Erfolge den Aufgaben dieses Hauses. Unter schweren Opfern und Anstrengungen
nahm er regelmäßig an den Sitzungen Teil, so lange er es mit
seinen sonstigen Pflichten irgend vereinigen konnte, wie er denn
1873 sechsmal zwischen Königsberg und Berlin hin und her reiste,
um an beiden Orten seinen Obliegenheiten zu genügen. Wenn es
galt geeignete Kräfte für schwierige Kommissionsberatungen zu gewinnen, so durfte man stets auf seine arbeitstüchtige Bereitwillig-
keit rechnen; gegebenen Falls unterzog er sich dann auch der
schriftlichen meist sehr mühevollen Berichterstattung und der Vertretung dieses Berichts in den Verhandlungen des Hauses selbst.
Den Beratungen folgte er aufmerksam und griff in dieselben als
Redner ein, wo er sich ein sachkundiges Urteil zutrauen durfte,
beschränkte sich aber hierbei keineswegs auf Gegenstände des Privatrechts, sondern bewegte sich mit Vorliebe und besonderem Erfolg
auf dem Gebiete des Staats- und des Kirchenrechts. Die Gründ-
lichkeit und der Umfang seines Wissens, die Unbefangenheit seiner
Auffassung, seine reiche Erfahrung und die Gewandtheit und Klarheit seiner Rede sicherten ihm ein aufmerksames Gehör und all-
seitige Anerkennung.

Soweit seine parlamentarische Thätigkeit sich auf die Förderung der Kunst und der evangelischen Kirche bezog, wird dieselbe
anderweitig geschildert werden; auch seine sonstigen Leistungen
lassen sich hier nicht sämmtlich aufzählen. Bei den Gesetzen über
das Alter der Großjährigkeit, über die Enteignung von Grund-

eigentum, über die Verfassung der Verwaltungsgerichte und das
Verwaltungsstreitverfahren, bei der Kreisordnung, dem preußischen
Personenstandsgesetz und bei zahlreichen anderen Gesetzen, ins=
besondere bei den mehrtägigen Beratungen über die Vormund=
schaftsordnung hat er zu längeren oder kürzeren Reden das Wort
genommen. Vor allem muß der Verdienste gedacht werden, welche
er sich um die Neuregelung des Grundbuchwesens durch das Gesetz
über den Eigentumserwerb und die dingliche Belastung der Grund=
stücke und durch die Grundbuchordnung erworben hat; hier eröffnete
er die Kommissionsberatungen mit einem grundlegenden Vortrage,
verfaßte den umfangreichen Bericht und war als Berichterstatter
im Hause selbst mit Nachdruck und Erfolg thätig. Hierdurch kam
endlich das wichtige Werk, welches seit fünfzehn Jahren wiederholt
in Angriff genommen war, zum Abschluß. „Daß es gelang den
Entwürfen eine Gestalt zu geben, durch welche sie für das Leben
brauchbar und haltbar wurden, war wesentlich das Werk der Kanz=
lers, welcher die schwierige und wenig dankbare Aufgabe des Refe=
renten über diese Entwürfe mit hingebender Sorgfalt übernahm",
— so lautete später das Zeugnis eines hervorragenden Juristen,
welcher selbst als Mitglied der Kommission sich an der Arbeit
beteiligt hatte und welchem der Kanzler gelegentlich nicht ohne
Schärfe entgegen getreten war. Dieser selbst hat jene Berichte zu
den Grundbuchgesetzen als seine schwierigsten und erfolgreichsten
Arbeiten im Herrenhause bezeichnet. Eines weiteren Erfolges
durfte er sich 1878 erfreuen, als es sich um die Bestimmung der
Sitze für die künftigen Gerichte handelte. Für die Provinz Sachsen
hatte die Staatsregierung als Sitz des Oberlandesgerichts Naum=
burg ausersehen; im Herrenhause traten bewährte Redner für
Halle, wofür die Kommission sich entschieden hatte, und anderer=
seits für Magdeburg ein. Da war es der Kanzler, welcher in

längerer Ausführung die Wiederherstellung der Regierungsvorlage empfahl und hiermit die Entscheidung für Naumburg herbeiführte. Und als die Stadt, welche in diesem Beschlusse mit Recht die glückliche Erledigung einer Lebensfrage für sie sah, dem Kanzler durch ihre Behörden ihren Dank darbrachte, da gab er in seiner Erwiderung seiner Freude darüber herzlichen Ausdruck, daß er aus voller Überzeugung gerade für diejenige Stadt habe eintreten können, in welcher er einst als Assessor seine amtliche Laufbahn begonnen und sich den häuslichen Herd, den Ausgangspunkt seines Lebensglücks begründet habe.

Es war diese Session die letzte, in welcher der Kanzler thätig in die Geschäfte des Hauses eingriff; in der Folge hielten ihn die mit der Einführung der neuen Gerichtsverfassung verbundenen Arbeiten und die wachsende Geschäftslast seines Amtes für längere Zeit den Sitzungen des Herrenhauses fern. Von Anfang an hatte er den Grundsatz befolgt, nur dann sich an den Geschäften des Landtags zu beteiligen, wenn dieses ohne Beeinträchtigung derjenigen Pflichten geschehen konnte, welche ihm sein Hauptamt auferlegte; so hat er zwar in späteren Jahren seinen Sitz im Herrenhause wider eingenommen und seiner politischen Pflicht durch Abgabe seiner Stimme genügt, aber in den Listen der Redner ist sein Name nicht mehr verzeichnet. Ebenso wenig hat er noch in dem wiederbelebten preußischen Staatsrat thätig sein können, zu dessen Mitgliede er durch den Allerhöchsten Erlaß vom 11. Juni 1884 ernannt war; sein Abscheiden verhinderte eine Wirksamkeit in diesem Körper, welche er übrigens als sehr schwierig und verantwortlich ansah.

Auch als Kronsyndikus, zu welchem er wie oben bemerkt am 17. November 1869 bestellt war, durfte er im Jahre 1875 und zwar in einer höchst wichtigen Angelegenheit thätig sein. Die

Herrschaft Schwedt war seit 1800 als Staatsdomäne von den fiskalischen Behörden verwaltet, im Jahre 1873 aber durch rechtskräftige Entscheidung eines fünfzehn Jahre hindurch geführten Prozesses der Krone als Fideikommißgut zugesprochen worden. Nun war zwischen dem Staatsfiskus und dem Kronfideikommiß über die dem letzeren aus dem langjährigen fiskalischen Besitz der Herrschaft erwachsenden Entschädigungsansprüche die Auseinandersetzung zu bewirken. Dieselbe bot die größten Schwierigkeiten, nicht nur wegen der Weitschichtigkeit des zu bewältigenden Materials — allein die ergangenen Erkenntnisse umfaßten über vierhundert Bogen, — mehr noch wegen der Ungewißheit über die anzuwendenden Rechtsgrundsätze, da die schwierigsten Streit und Zweifelsfragen auf den Gebieten des Privatrechts wie des Staatsrechts zu lösen waren. Diese Aufgabe fiel dem Kronsyndikate zu, welches zum Gutachten über die entscheidenden Rechtsgrundsätze aufgefordert wurde; zum Berichterstatter wurde am 1. August 1875 der Kanzler bestimmt, durch eigenhändigen Zusatz des Königs war eine möglichst schleunige Erledigung befohlen worden.

Der Kanzler befand sich hierbei in peinlicher Lage: vor wenigen Wochen erst war er aus dem Herrenhause nach einer Session zurückgekehrt, welche für ihn bei seiner lebhaften Beteiligung an den Beratungen über die Vormundschaftsordnung, über mehrere kirchenpolitische Gesetze, über die Verwaltungsgerichtsbarkeit und das Hinterlegungswesen besonders mühevoll gewesen war. Er litt an den Folgen der übermäßigen Anstrengungen, welche die Pflichten seines Amtes, die Arbeiten des Landtages und der Provinzialsynode ihm auferlegt hatten; dazu mußte er im August bei der Beurlaubung mehrerer Tribunalräte die Hauptlast der Geschäfte tragen, indes für den September die vom Arzt verordnete Badereise zu unternehmen war und für den November die schwierigen

und umfangreichen Beratungen der außerordentlichen Generalsynode
bevorstanden. Aber auch dieses Mal versagte sich der Kanzler
nicht der ihm angetragenen Arbeit, vielmehr erledigte er sie mit
einer unter den angegebenen Verhältnissen überraschenden Schnellig=
keit. Am 4. November legte er den von ihm ausgearbeiteten Ent=
wurf des Gutachtens abgeschlossen vor, welcher durch die übrigen
Mitglieder des Syndikats nur in einem Punkte, allerdings in
dem wichtigen über die Verjährungsfrist der Kronansprüche abge=
ändert wurde und mit dieser Änderung als Gutachten des Kron=
syndikats dem Ausgleich zwischen Staat und Krone zur Grundlage
diente.

Aus der bisherigen Schilderung würde sich auch ohne be=
sondere Darlegung die Sinnesweise ergeben, welche den Kanzler
in seinem politischen Verhalten geleitet hat. In langjähriger
Thätigkeit und in verantwortlicher Stellung hatte er ein bedeuten=
des Gebiet des staatlichen Lebens zu überwachen; solche Arbeit
macht zwar einerseits die Mängel der jeweiligen Zustände und
die Notwendigkeit ihrer Abhilfe fühlbar, andererseits predigt sie
nachdrücklich die Lehre, daß jede Änderung nur dann eine heilsame
und dauernde Besserung hoffen lasse, wenn sie die Eigenart des
Volkstums und die Geschichte des Landes nicht zu beseitigen son=
dern zu entwickeln geeignet sei. Jenes tiefe Gefühl der Verant=
wortlichkeit hat den Kanzler auch in seine politische Wirksamkeit
begleitet; nie würde er einen Schritt gethan oder empfohlen haben,
für welchen er nicht bereit gewesen wäre vollauf einzutreten. So
hielt er sich allezeit ebenso aus Neigung wie aus richterlicher Ge=
wöhnung von jeder öffentlichen Bewegung fern, selbst wenn sie
von sonst befreundeter Seite betrieben wurde, ohne doch seine
politische Überzeugung irgendwie zu verdecken; aber er konnte sich
nur zu festen und klaren Zielen und zu maßvollem Handeln unter

Festhaltung der geschichtlichen Voraussetzungen bekennen. Dazu kam die milde Innigkeit seines religiösen Empfindens, welche das Vorhandene eher zu schonen und sanft zu heilen, als schroff abzuschneiden geneigt ist; es kam hierzu der Anblick der bedenklichen Erschütterungen, denen Staat und Sitte seit einem Menschenalter ausgesetzt waren, und ebenso die Beobachtung, daß in der Tagespresse sich zwar viel mehr Geist als früher, aber leider auch eine Unreife und selbst Frechheit kund gab, welche die öffentliche Meinung nicht zu leiten sondern zu fälschen angethan war. Einen Mann von weitem Überblick und reicher Erfahrung, welchen überdies sein Amt wie sein Herz an die Wolfart seines Staates und seines Volks geknüpft hatte, mußten alle diese Erlebnisse nicht zwar zu scheuer Enthaltung, aber zur Behutsamkeit des politischen Handelns führen. Rechnen wir hierzu die ebenso ererbte als selbständig gefaßte tiefe und verehrungsvolle Ergebenheit gegen seinen Kaiser und das Haus der Hohenzollern, und seine hinlänglich begründete Überzeugung, daß Preußens Bestand und Größe, wie aus der Thatkraft seiner Herrscher hervorgegangen, so auch nur durch eine kräftige und entschlußfähige Monarchie erhalten und gemehrt werden könne, so war eben die entschiedene Königstreue und konservative Gesinnung des Kanzlers das notwendige Ergebnis seines ganzen Lebensganges. Er war 1848 anfangs geneigt, der damals angekündigten Gestaltung der preußischen Verfassung und Verwaltung nachzugehen; allein die Unklarheit und Widerwärtigkeit der nachfolgenden Bewegungen überzeugten ihn bald, daß die Befestigung des Königtums und seine Unterstützung durch eine vorsichtig bemessene Mitwirkung der Volksvertretung das nächste Bedürfnis sei, und eben diese Überzeugung, welche er nach einigen Briefen zu schließen mit seinem wolunterrichteten Freunde Illaire teilte, hat sich ihm in den nachfolgenden Jahren um so tiefer eingesenkt, je auffälliger ein erheblicher Volksteil sich in der Zeit der größten Gefahren gegen die echtpreußischen Überlieferungen und die vaterländischen Zwecke zu verschließen vermochte.

Bei allem dem war von Goßler weder ein politischer Pessimist, noch ein befangener Parteimann; man würde ihn eher einen konservativen Reformer nennen dürfen. Von den Einseitigkeiten der konservativen Partei hat er sich stets fern gehalten und andererseits an der gedeihlichen Zukunft seines Vaterlandes nie verzweifelt. Auch wo die Maßnahmen der Staatsregierung mit der konservativen Überlieferung zu streiten schienen, hat er sich der Mitwirkung an der politischen Arbeit, so weit er zu derselben berufen war, nie versagt und ist demgemäß in der Gesetzgebung für die evangelische wie für die katholische Kirche stets vorsichtig bemüht gewesen, dem Staate zu erhalten, was derselbe zu seiner Sicherung nicht entbehren konnte. Und als das große Kriegsjahr 1870 hereinbrach, da hat er und in gleicher Weise seine unvergeßliche und an opferwilliger Liebe so reiche Gattin drei Söhne in den Kampf ziehen sehen, im Vertrauen auf Gott, der alles zum besten lenken werde, und in Hingabe an König und Vaterland, welche auch den höchsten Preis zu fordern berechtigt seien. So ist leicht zu erklären, daß er hoch in der Achtung unserer erlauchten Herrscherfamilie stand und daß er unentwegt mit dem beglückenden Vertrauen seines Kaisers beehrt wurde. Wenn der Kanzler in den letzten Lebensjahren während der Tage der gebotenen Erholung seinen geliebten Herrn in Gastein begrüßen durfte, so lag für ihn in dieser ersehnten Begegnung stets ein Moment der Erfrischung, dessen kräftigende Erinnerung sich auch auf die nachfolgende Arbeitszeit erstreckte.

5

Die Vererbung besonderer Neigungen und Fähigkeiten sehen wir häufiger auf dem Gebiete der zeichnenden und musikalischen Künste, als in der Wissenschaft und Dichtung hervortreten: vielleicht auch, daß die lebendige Anschauung der väterlichen Schöpfungen den Nachahmungstrieb und die Einbildungskraft des Kindes unmittelbar anregt und in gleichartige Bewegung setzt. Gustav von Goßler wurde in eine sehr musikalische Familie hineingeboren; sein Vater liebte die Musik nicht nur als Bindeglied für eine feinere Geselligkeit, sondern auch um ihrerselbstwillen, seine beiden älteren Schwestern behandelten das Pianoforte mit künstlerischer Auffassung, der ältere Bruder Albert ebenso die Geige. Kaum war Gustav im Stande ein kleines Cello festzuhalten, als er Unterricht in dem Spiel dieses Instruments erhielt und nach Überwindung der ersten Schwierigkeiten zum Vortrage der erlernten Stücke vor den Gästen des Hauses angehalten wurde; sein Lehrer, wie auch der eines noch lebenden Jugendfreundes, war der damals hochgeschätzte Cellist Gans, Mitglied und Konzertmeister der königlichen Theaterkapelle. Die Beanlagung und die wachsende Fertigkeit des jungen Goßler wurde allmählich in weiteren Kreisen bekannt, so daß er schon als Primaner im Jahre 1826 in Gemeinschaft mit angesehenen Berliner Persönlichkeiten, unter denen der

Hofstaatssekretair Bußler, der Oberbürgermeister Deetz, ein
Kammergerichtsrat Jordan, der Generallieutenant von Pirch und
vor allem Felix Mendelssohn-Bartholdy genannt werden,
zur Begründung der philharmonischen Gesellschaft berufen wurde.
Auch in Heidelberg blieb er dem Cello treu und gewann durch sein
Spiel den Zutritt zu manchem Hause, welches sonst vermutlich
dem leichtlebigen Studio verschlossen geblieben wäre; und mit
steigendem Eifer und Erfolge pflegte er im Verein mit seinem
Bruder Albert während seiner ersten juristischen Dienstjahre die
Musik, welche damals die höhere Beamtenwelt Berlins in beson=
derem Grade gesellig verband und befriedigte. Welch breiten
Raum die Musik in diesen Kreisen einnahm, läßt sich selbst aus
den spöttischen Bemerkungen E. Th. Amad. Hoffmanns abneh=
men; gleichviel indes, wie weit derselbe mit seiner Verhöhnung
der Berliner Theezirkel im Recht war, unleugbar fanden gerade
die gebildeten Familien der Hauptstadt ein Gefallen an dieser
Kunst, welche die Gemüter in edlere Schwingungen versetzte, als
der Parteihader der folgenden Jahrzehnte.

Den Höhepunkt des musikalischen Lebens bildete indes für
G. von Goßler der Aufenthalt in Naumburg, wo unter den Amts=
genossen vor allem Gustav Krug, dessen wir als eines treuen
Freundes noch später gedenken, als hervorragender Klavierspieler,
begabter Komponist und durchgebildeter Kenner, neben ihm der
Bratschist Jungmeister und der Assessor Gottheiner mit seiner
Frau, er Cellist, sie Pianistin, die erfreulichste Anregung und
Unterstützung brachten. Das Notenpult bildete den belebenden
Mittelpunkt der Geselligkeit: unter den behandelten Werken über=
wiegen die Kompositionen von Bach, Haydn, Mozart, Beethoven,
von diesem auch die späteren und schwierigeren, von den neueren
Romberg, Mendelssohn, Niels Gade, Schubert, wiederholt wurden

auch Krugs eigene Duos und Quartetts gespielt und beurteilt.
Auch öffentliche Aufführungen fanden zu wolthätigen Zwecken
Statt; der Nachlaß erwähnt deren drei aus den Jahren 1837 und
1838, an deren jeder das später schmerzlich vermißte Cello Goßlers
reichlich beteiligt war. Nicht in gleicher Ausdehnung konnte die
Musik in Weißenfels und Merseburg bei dem Mangel an ausge=
bildeten Kräften getrieben werden; indes sie schwieg auch hier
nicht, und widerholt wurde Goßler zur Mitwirkung nach Naum=
burg eingeladen.

Der Aufenthalt in Potsdam, wo von Goßler für seine Nei=
gung einen wolbereiteten Boden und größere Verhältnisse vorfand,
führte in seinem Verlauf zu einer zweiten musikalischen Blüte=
periode, welche sich sachlich an die dortige philharmonische Gesell=
schaft, persönlich besonders an die Namen Seiffert, Präsident der
Oberrechnungskammer, und von Keudell, jetzt Deutscher Botschafter
bei dem Könige von Italien, knüpft. Die Philharmonie war
1816 zur Erzielung einer höheren musikalischen Bildung ge=
gründet, hatte allmählich eine beträchtliche Ausdehnung gewonnen
und verfügte über hervorragende Kräfte und nicht unbedeutende
Geldmittel; sie stand unter der Leitung des hochverdienten Ferd.
Wendel, auf dessen Andringen 1850 von Goßler, Seiffert und
von Keudell eintraten und hiermit eine erhebliche Zahl anderer
zum Beitritt bewogen. Die Philharmonie gewann durch diesen
hauptsächlich der höheren Gesellschaft entstammenden Zuwachs und
durch ihre Verlegung in den großen Saal des Palastes Barberini
einen ungeahnten Aufschwung. Der reiche Anteil, welcher G. von
Goßler an dieser Blüte zukam, drückt sich in dem sehr warmen
Dankschreiben des Vorstandes vom 22. Juni 1855 aus, mit wel=
chem dieser ihn bei seiner Versetzung nach Königsberg begrüßte
und zugleich zum Ehrenmitgliede der Gesellschaft ernannte; in

4

seiner Antwort bezeugt Goßler, daß sein Leben in Potsdam über=
haupt reich an innerer Befriedigung gewesen sei. Aber vor und
neben seiner Teilnahme an dieser Gesellschaft gieng derselbe auch
in kleinerem Kreise der Pflege edlerer Musik nach, zunächst in
Verbindung mit den beiden oben genannten Kunstfreunden, denen
sich allmählich ein größerer Kreis, in ihm die Geiger J. Wendel,
Griebel, Wollenhaupt, der Assessor, jetzige Regierungspräsident von
Dießt als Cellist, daneben Sänger und Sängerinnen zugesellten,
so daß man allmählich von der strengeren Quartett= und Kammer=
musik zu größeren Aufführungen, auch hier mitunter für allge=
meine Zwecke, mit ebenso viel Erfolg als Befriedigung fortschritt.
Unter den hochstehenden Gönnern dieser Bestrebungen befand sich
auch der damalige Oberpräsident von Flottwell.

In Königsberg und Insterburg entwickelte sich das musika=
lische Leben Goßlers bei der gesteigerten Amtslast und der ur=
sprünglichen Fremdheit der Umgebung langsamer; doch fand musi=
kalischer Verkehr am ersten Orte mit dem auch in weiteren Kreisen
geachteten, vor kurzem verstorbenen Louis Köhler und dem jünge=
ren Jensen, zeitweilig auch mit dem klavierkundigen Regierungs=
präsidenten von Ernsthausen, in Insterburg mit dem damaligen
Staatsanwalt und jetzigen Reichsgerichtsrat Schaper und seiner
Gattin Statt. Gern folgte der Kanzler während des zweiten
Königsberger Aufenthalts den neuen Anregungen, welche ihm die
musikalische Begabung der Töchter bot: mit der älteren spielte er
Duos, zwei jüngeren war er zu ihrem Gesange ein stets bereiter
Begleiter und Führer. Der Tod der Gattin und der allzufrühe
Heimgang der beiden Sängerinnen nahm ihm das Cello aus der
Hand; erst im letzten Lebensjahre gereichte ihm die Möglichkeit,
während der Provinzialsynode mit dem schon genannten num=

mehrigen Oberpräsidenten von Ernsthausen zusammenzuspielen, zur Auffrischung alter theurer Erinnerungen.

Wie aus unserem Berichte hervorgeht, war die musikalische Richtung und Bildung des Kanzlers eine ernste und edle; ihr entsprach auch sein Spiel, an welchem noch in späten Jahren die reine Tonbildung, die Promptheit des Ansatzes und des Abbrechens, die Tiefe des Ausdrucks bemerkt und geschätzt wurde. Die Verwandtschaft des Cello mit der menschlichen Stimme brachte er in den Liedern von Schubert zum vollen Ausdruck. Sein Instrument liebte er wie einen vertrauten Freund, mit welchem er sich namentlich in früherer Zeit gern in seinem Arbeitszimmer phantasierend unterhielt; aus der Art seiner Arpeggien und Doppelgriffe ließ sich mit ziemlicher Sicherheit seine Gemütsstimmung erkennen. Das Zusammenspiel mit anderen nahm er stets sehr gewissenhaft; mit Nachdruck hielt er auf Bewahrung nicht nur des Taktes, sondern auch jener echten Harmonie, welche das Hervordrängen des einzelnen Instruments ausschließt und das ganze Tonwerk in seiner Ebenmäßigkeit zur Anschauung bringt. Welch inneren und allgemeinen Wert die Musik für ihn besaß, erhellt auch daraus, daß er bekannte Aussprüche Luthers über diese Kunst sich besonders ausgeschrieben hatte*).

Es ist schon angedeutet, daß trotz der gelegentlichen geräuschvollen Begeisterung für neue Tonwerke die Musik in unserem geselligen Verkehr nicht mehr dieselbe Bedeutung, dieselbe stillwaltende und umbildende Macht besitzt wie früher; eben dies gilt von den großen Dichterwerken, an denen die Väter ihr Empfinden erweiterten und läuterten. Die harte Wirklichkeit mit ihren schweren und heißen Fragen hat seit der Halbscheid des Jahrhunderts unser

---

*) Anhang Nr. 7.

Denken und Wollen mit einer Kraft gepackt, welche unbefangene
Anschauung des Schönen fast ausschließt; so gelangt unsere Jugend
meist auf dem Wege der Litteraturgeschichte zu einem vermittelten
und matterem Genusse dessen, was wir damals gewohnt waren
als das Spiegelbild ewiger Ideen unmittelbar in uns aufzunehmen.
Die Liebe zu unseren Klassikern setzt sich in verstandesmäßige Be=
trachtung derselben und in alexandrinischen Sammlerfleiß um;
selbst die Philosophie, welche ihre Jünger von den Aufregungen
des Tages zur lautern und ruhevollen Erkenntnis des Unend=
lichen rufen sollte, war unter den Epigonen Hegels zu einer Waffe
umgeschmiedet, mit welcher man Glauben und Handeln, Kirche
und Staat raschen Laufes umzuformen gedachte. Auch die Gegen=
wart hat ihr Recht, und so Gott will mögen unsere Enkel in den
ausgebrannten Schlacken der jetzigen Kämpfe einen ergiebigen
Fruchtboden für neue Gebilde des schönen Scheins gewinnen; allein
ebenso ist die Wehmut gestattet, mit welcher wir in einer ruhe=
losen Zeit der einfachen und erweckenden Ideale unserer Jugend,
unserer warmen Empfindungsfähigkeit für Shakspere und Göthe,
für die neuentdeckte deutsche Heldensage und den geisteshehren Schiller
gedenken. Zu jenen Begeisterten, welche einen Teil ihres inneren
Lebens in herzlicher Liebe zu unseren Dichtern ausströmten, ge=
hörte auch unser Goßler; die Naumburger Geselligkeit erzählt von
dem gemeinsamen Lesen der großen Dramatiker und bis ins späte
Alter hat er sich die Teilnahme an den dichterischen Bestrebungen
unseres Volks erhalten. Es gereichte ihm sichtlich zur Genug=
thuung, daß zwei Räte des von ihm geleiteten Tribunals,
E. Wichert und L. Passarge, neben der gewissenhaftesten Akten=
arbeit auch das schönwissenschaftliche Gebiet mit Erfolg anbauten
und beide haben diese Teilnahme dankbar empfunden*).

---

*) Anhang Nr. 8.

In Königsberg gewann Goßler zu einem ihm ursprünglich fremden Kunstgebiet ein besonders fruchtbares Verhältnis, ja nach seiner eigenen Äußerung einen gewissen Ersatz für den geminderten Betrieb der Musik. Der dortige Kunstverein, welcher später einen so bedeutenden Einfluß üben sollte, verdankt seine Entstehung einem eigentümlichen Anlaß: als Königsberg im Jahre 1832 zum ersten Male von der Cholera heimgesucht wurde, da faßte der damalige Stadtrat Degen in Verbindung mit anderen angesehenen Männern den Gedanken, teils zur Gewinnung von Mitteln für Notleidende, teils zur geistigen Erfrischung durch die Kunst, ihren Besitz an Gemälden und sonstigen Kunstwerken gesammelt auszustellen. Das Unternehmen fand die günstigste Aufnahme, so daß man zur Gründung eines bleibenden Kunst- und Gewerbevereins schritt, welcher seit 1844 unter Ausscheidung der gewerblichen Gegenstände sich auf die Pflege der bildenden Künste beschränkte. Somit ist dieser Verein in einer abgelegenen von der Staatsregierung nicht immer genügend bedachten Provinz aus eigenem Triebe wahren Gemeinsinns hervorgegangen, ein Sproß und wiederum eine Stütze des ostpreußischen Selbstgefühls, welches seine Kraft und Entschlossenheit mehrfach auch bei großen Epochen der preußischen Geschichte entfaltet hat. Allmählich befestigte und erweiterte der Verein seine Wirksamkeit, jenes durch größeren Zuwachs an Mitgliedern und Geldmitteln und durch die Gewinnung eines angemessenen und dauernden Ausstellungsraums in dem großen auch geschichtlich merkwürdigen Moskowiter-Saal des königlichen Schlosses, welcher zuerst 1841 auf die Fürsprache Schöns, später auf die stets wiederholten Verwendungen Goßlers für die nunmehr zweijährigen Kunstausstellungen eingeräumt wurde. Die Erweiterung erfuhr der Verein durch das Zusammenschließen mit anderen Vereinen der östlichen Provinzen zu geordneten Aus-

stellungsverbänden; für die Regelung dieses schwierigen Sozietäts-
verhältnisses war die leitende Thätigkeit eines so gewandten und
zugleich so wenig in den Formen befangenen Juristen, wie Goßler,
von dem größten Nutzen. Vornehmlich gewann aber der Verein
ein bestimmtes Ziel und stetiges Leben durch Begründung einer
öffentlichen Sammlung von Bildern lebender Meister, denen freilich im Anfang auch ältere Gemälde hinzutraten, teils durch
Schenkungen namentlich aus dem Nachlasse des bekannten Stadt-
präsidenten von Hippel und des Geheimen Oberfinanzrats Minuth,
meist der späteren niederländischen, unter den letzteren auch viele der
neueren deutschen, belgischen und französischen Schule angehörig,
teils durch ständige Darleihung älterer italienischer Werke aus
den königlichen Museen in Berlin und Potsdam. Diese Sammlung wurde nun nach Maßgabe der anfangs beschränkten, für
Königsberg und die damalige Zeit immerhin erheblichen Mittel
durch Ankauf neuerer Werke vermehrt; hierbei galt von 1846—1873
der Grundsatz vorgängiger Bestellung bei den Künstlern, wogegen
man später zu freihändigen Ankäufen schritt. Die hiermit gleichmäßig fortschreitende Belebung und Ausbildung des Kunsttriebes
hat auch die Gründung der Königsberger Kunstakademie um 1840,
wobei das Hauptverdienst um diese für Ostpreußen äußerst wertvolle
Schöpfung allerdings dem Oberpräsidenten von Schön zukommt,
wenn nicht veranlaßt, so doch befördert.

Dieses frische Leben erfuhr indes während der Jahre
1849—1856 einen bedauerlichen Stillstand, ja eine merkliche
Schwächung: der sachliche Grund dieses Rückganges ist klar genug.
Die allgemeine staatliche Erregung hatte bekanntlich die Gemüter
in Ostpreußen schon früher in starke Schwingungen versetzt; der
Ausbruch von 1848 mit seinen widerwärtigen Erscheinungen und
Nachwirkungen hatte aber die dortige Bevölkerung, zumal in

Königsberg selbst, in scharf entgegengesetzte Lager auseinander ge=
rissen, zwischen denen für vermittelnde Mächte kaum ein Wirkungs=
raum übrig blieb. Vielmehr lähmte die leidenschaftliche Erbitte=
rung und Entfremdung ein gemeinsinniges Wirken auch auf solchen
Gebieten, von deren Anbau sonst doch mit Fug ein sammelnder
und versöhnender Einfluß erwartet wird. Dazu kam der Mangel
einer leitenden Persönlichkeit, welche durch eigene Kraft und amt=
liches Ansehen jene schweren Hemmungen wenn nicht überwinden,
so doch hätte erleichtern können. Diese bot sich nunmehr in dem
jüngst eingetroffenen und somit an jenen Kämpfen nicht beteiligten
Vicepräsidenten von Goßler und sie bot sich zu einem Zeitpunkte,
in welchem unter den besonnenen Männern auf beiden Seiten sich
das Verlangen nach einem Ausgleich der erwähnten Gegensätze,
mindestens nach Verständigung und Vereinigung zur Förderung
des Gemeinwols regte. So erfolgte am 30. April 1856 die
Wahl Goßlers zum Vorsitzenden des Königsberger Kunstvereins
im rechten Augenblicke und sonach mit günstigster Wirkung; auch
ihm selbst trug sie neben manigfacher und schwieriger Arbeit doch
dauernde Befriedigung ein, so daß er diese Stellung über ein
Vierteljahrhundert, selbst während seines Insterburger Aufenthalts
beibehalten hat. Dem Vereine und den Vereinsausstellungen
brachte seine Thätigkeit den gröſten Nutzen. Zunächst gelang es
ihm, die Königliche Einwilligung und die ministerielle Unter=
stützung dafür zu gewinnen, daß hervorragende neuere Werke,
welche im Besitze Seiner Majestät waren oder die Zierde der
Königlichen Sammlungen in Berlin bildeten, für die Dauer der
Ausstellung dargeliehen wurden; so durfte sich auch Ostpreußen an
der Anschauung der Meisterwerke von G. Richter und Ad. Menzel,
von Camphausen und Defregger, von G. Spangenberg und Achen=
bach, von Gentz und Günther neben vielen anderen gleichwertigen

erfreuen und erbauen. Nicht minder wichtig und verantwortungs-
voll war die Wahl und Ausscheidung unter den reichlich zuströmen-
den Ausstellungsgegenständen und ebenso die gerechte und geschmack-
volle Aufstellung der Bilder, welche planmäßig, mit geübtem Blick
und auf Grund früherer Warnehmung binnen kurzer Zeit vollzogen werden mußte. Diese verwickelte und peinliche Aufgabe
konnte nur einem Manne gelingen, welcher mit der eigenen Einsicht und Erfahrung die Gabe und die Neigung verband, die sonst
nicht eben leicht zu behandelnde Künstlerwelt zu unbefangener
Mitarbeit heranzuziehen; und ebenso schlichtete sich ein unter einigen leitenden Mitgliedern gelegentlich hervorbrechender Zwiespalt,
welcher der Wirksamkeit, wenn nicht dem Bestande des Kunstvereins verhängnisvoll zu werden drohte, wesentlich durch die gerechte und zugleich selbstbewußte Haltung seines Vorstehers wie
nicht minder durch die Verehrung und Anerkennung, welche seiner
Person und seinem Streben allerseits entgegengebracht wurde.

Der reiche Erfolg dieses umsichtigen Bemühens zeigte sich
denn auch nach verschiedenen Richtungen: zunächst während der
Ausstellungen, welche mehr und mehr ein Fest und ein Vereini-
gungspunkt für Stadt und Provinz wurden, in der Zahl der Be-
sucher, welche allmählich von 1300 auf 2400 stiegen, und in dem
von sichtlicher Teilnahme begleiteten Austausch ihrer Empfindungen.
Der Kaufbetrag für die zur Verlosung bestimmten Bilder wuchs um
mehr als das dreifache, die für Privatankäufe aufgewendete Summe
fast um das fünffache. Gewiß hat an dieser Zunahme der wachsende Wolstand der Provinz seinen Teil; daß aber die Kunstliebe
so stetig angeregt und auf würdige Ziele gerichtet wurde, ist doch
wesentlich das Verdienst der Vereinsleitung. Insbesondere kam
aber das Geschick und der Erfolg dieser Leitung der Gemäldegallerie sowol nach ihrer Ausdehnung als nach ihrem Kunstwert

zu gute, so daß dieselbe keiner anderen Provinzialsammlung nach=
steht, die meisten weit überragt und eine hohe Zierde und ein
stetig wirkendes Bildungsmittel für Ostpreußen und die Stadt
Königsberg bietet, in deren Besitz sie bei übrigens völlig selbstän=
diger Vereins=Verwaltung seit 1862 übergegangen ist. Zum An=
kauf neuer Bilder sind unter der Leitung von Goßlers mehr als
200 000 Mark verwendet; bei der Wahl der Gemälde hat sich
das Streben stets auf den Erwerb des Besten gerichtet, und es
verdient hohe Anerkennung, daß der Vorsitzende hierbei der reif=
lichsten Erwägung im Kreise des künstlerisch beratenen Vorstandes
Raum gab, ohne seine besonderen Wünsche voranzustellen. Von
dem Unternehmungsgeiste des Vereins zeugt die Thatsache, daß
derselbe 1879 Defreggers berühmten Todesgang Hofers, selbst
unter Anspannung seines Kredits, um 38 000 M. erwarb und
hiermit dem fernen Osten ein Kleinod verschaffte, vor dessen An=
kauf man anderswo zurückgescheut war. So enthält die Samm=
lung eine Reihe von Gemälden ersten Ranges, unter deren Meistern
hier nur Schirmer, Achenbach, Kalkreuth, Max. Schmidt, Beh=
rendsen, Scherres, Vautier, Tiedemand, Knaus, J. Brandt,
K. Becker, Hiddemann, Lessing, Rosenfelder, Camphausen, G.
Spangenberg, Pauwels, Piloty und Lindenschmit genannt werden
mögen, vieler anderer Maler aus der früheren Zeit wie aus der
Gegenwart nicht zu gedenken. Neben dem hohen Werte der ein=
zelnen Werke bietet die Sammlung aber auch insofern einen
großen Reiz und eine allgemeinere Belehrung, als sie die Ent=
wickelung der deutschen Malerei in den letzten funfzig Jahren und
den Fortschritt der Kunst von dem etwas blassen und unbeholfe=
nen, zum Teil skizzenhaften Idealismus der früheren Zeit zur
lebenswarmen Ausprägung des Gedankens und zur sicheren Be=
herrschung und Verwendung der Farbe in der Gegenwart in ziem=

lich lückenloser Stufenfolge vorführt, ohne doch der Effekthascherei
irgend ein Zugeständnis zu machen.

Dazu kam, daß die Vereinsglieder für jede zweijährige Periode
ein Kunstblatt erhielten, welches nach geeigneten Gemälden der
Sammlung in Kupfer gestochen wurde, so daß der Verein auch
um die Fortbildung dieses besonderen Kunstzweigs, namentlich
durch Trossin und seine Schüler, sich verdient gemacht hat. Wenn
demnach der Verein schon in früherer Zeit die Portraits mancher
verdienter Ostpreußen für die Sammlung beschafft hatte, so war
es nur ein gern entrichteter Zoll der Dankbarkeit, daß er zum
Jubelfeste des Kanzlers dessen Bild durch Neide anfertigen und
der Gemäldegallerie einverleiben ließ, und ebenso erklärlich war,
daß die Lehrer an der Königsberger Kunstakademie dem Kanzler
bei demselben Anlaß ein kostbares Album selbstgefertigter Aqua=
rellen widmeten*).

Die eben gezeichnete Wirksamkeit Goßlers hob und erweiterte
sich noch durch seine Berufung in die sogenannte Landeskunst=
kommission und durch seine Teilnahme an dem Verein für histo=
rische Kunst.

Seit 1863 war durch den preußischen Staatshaushaltsetat
ein Jahresbetrag von 25 000 Thalern, welcher später auf 100 000
Mark erhöht worden ist, zu Ankäufen von Kunstwerken für die
Nationalgallerie sowie zur Beförderung der monumentalen Malerei
und Plastik und des Kupferstichs bereit gestellt; den Anstoß hierzu
hatte der Konsul Wagner in Berlin durch letztwilliges Vermächtnis
seiner überaus wertvollen Gemäldesammlung an den Staat ge=
geben, mit welcher der Grund zur Nationalgallerie gelegt worden
war**). Die Verwendung jenes Betrages erfolgte nach Bestimmung

*) Anhang Nr. 9.
**) Anhang Nr. 10.

des Unterrichtsministers, welcher sich indes an die Vorschläge einer
aus Künstlern und Kunstkennern gebildeten Kommission, der sogenannten Landeskunstkommission, zu binden pflegte. Diese Vorschläge regelten sich zu einem Teile nach dem Zwecke der Nationalgallerie, welche vornehmlich künstlerische Darstellung vaterländischer
Gegenstände, namentlich historische Gemälde aus der vaterländischen
Geschichte, und ferner nach der ausdrücklichen Willensmeinung des
Königs eine Folge von Bildnissen der größten preußischen Feld-
herren und Staatsmänner aufnehmen sollte. Zum anderen Teile
handelte es sich darum, neue Bauten von architektonischer Bedeutung mit malerischer Ausschmückung zu versehen, auch Kirchen mit
Altarbildern auszustatten. Es versteht sich, daß, wenn auch jene
Summe etatsmäßig für das preußische Staatsgebiet verwendet
werden mußte, es sich doch zumal nach Aufrichtung des deutschen
Reichs nicht etwa um die Förderung der preußischen sondern der
deutschen Kunst handelte. Grundsatz war unter Ausschluß des
Zwischenhandels der unmittelbare Verkehr mit den Künstlern,
welche auf diese Weise entweder ihre wertvollsten Werke durch die
Staatsregierung erworben sahen oder nach Vorschlag der Kommission zu neuen Schöpfungen angeregt wurden. Denn die Kommission beschränkte sich nicht auf den Ankauf fertiger Bilder und
Skulpturen, sondern sie veranlaßte auch hervorragende Künstler,
Entwürfe zu neuen Kunstwerken entweder aus eigener Idee oder
nach Angabe der Kommission einzureichen und nach erfolgter
Billigung oder unter vorgeschlagener Änderung auszuführen. So
war die vorerwähnte Beseitigung des Zwischenhandels nicht etwa
in erster Reihe ein Gebot der Sparsamkeit, sondern sie hatte den
viel wichtigeren Sinn, die schaffende Thätigkeit des Künstlers selbst
zu wecken und zu leiten. Es kann hier nicht die Aufgabe sein,
die reichen Früchte dieser überaus glücklichen Einrichtung, sei es in

der Bezeichnung der beteiligten Künstler oder der Kunstwerke ge=
nauer anzuführen; nicht nur die Nationalgallerie sondern auch
zahlreiche Festräume der Universitäten, Gymnasien, Gerichts= und
Verwaltungsgebäude zeugen in ihrem Schmuck von dem Auf=
schwung, welchen die Kunst seitdem durch das ganze Landesgebiet
genommen und auch wiederum erzeugt hat. Denn der Gewinn
dieses Unternehmens erschöpft sich nicht in der Summe der ent=
standenen Bildwerke, wiewol auch deren Zahl und Vollendung
der Lebensaufgabe eines großen Staats würdig ist; er erweitert
und vertieft sich vielmehr in der äußerlich unmeßbaren und doch
völlig sicheren Einwirkung auf den Kunstsinn des Volkes, auf die
Veredelung der nationalen Anschauungen.

Die Sitzungen der Kommission fanden nach Bedürfnis jähr=
lich ein bis zweimal, anfangs unter der unmittelbaren Leitung des
Ministers, statt; sie waren mehrtägig und trugen bei der Bedeu=
tung des Zwecks und der äußerst sorgfältigen und eingehenden
Prüfung der Vorlagen den Teilnehmern ebenso viel Mühe als
Verantwortung ein. In diese Kommission wurde der Kanzler,
dessen ersprießliche Wirksamkeit für den Königsberger Kunstverein
und in der Verbindung für historische Kunst im Ministerium nicht
unbemerkt geblieben war, zuerst im Jahre 1869 und dann all=
jährlich berufen; zu den rein künstlerischen und technischen Gesichts=
punkten, welche durch die übrigen Mitglieder vertreten wurden,
brachte er neben dem geübten Auge die Gewohnheit, auch die
Kunst unter allgemeine staatliche und religiöse Anschauungen zu
stellen. Er brachte außerdem die Neigung zu lebendiger Mitwir=
kung und die anderwärts erprobte Gabe unbefangener, vermitteln=
der und doch überall zweckfördernder Leitung mit, so daß er mit
derselben vom Jahre 1874 an nach den eröffnenden Worten des
Ministers und seines nächstbeteiligten Rats auf den allgemeinen

Wunsch der Kommission immer wider betraut wurde. Es liegen zahlreiche Zeugnisse vor, wie dankbar die Kommission die Wolthat eines solchen Vorsitzes empfand, auch mit welchem Vertrauen sich einzelne Künstler an den Kanzler wendeten: hier mag nur auf die einleitenden Worte hingewiesen werden, mit denen der Geheime Oberregierungsrat Jordan das erste Stammbuch der Nationalgallerie im Jahre 1880 begleitet hat.

Schon vor der eben beschriebenen Einrichtung hatte sich die Verbindung für historische Kunst gebildet. Entsprungen aus der Empfindung, daß die deutsche Malerei sich teils ins Unklare und Nebelhafte, teils in das niedere Charakterbild zu verlieren drohe und daß sie deshalb eines kräftigen auch äußerlich fördernden Hinweises auf ihr höchstes Ziel, die Darstellung bedeutender geschichtlicher Vorgänge bedürfe, war nach vorgängiger Besprechung zu München jene Verbindung von drei kunstsinnigen Männern, dem Schulrat Looff, dem Grafen Fr. von Thun und dem bekannten Kunsthistoriker Fr. Eggers im Jahre 1855 zu Dresden als ein Aktienunternehmen begründet worden; durch den sofortigen Zutritt des Königsberger Kunstvereins sah sich G. von Goßler an den Arbeiten auch dieser Verbindung beteiligt. Die Aufgabe war schwierig: es handelte sich um Beschaffung bedeutender Geldmittel für einen idealen Zweck, dessen Früchte doch erst in der Zukunft lagen, und ebenso um belebende und auch lenkende Einwirkung auf die Künstler, von denen ein im Rückgang befindlicher Zweig der deutschen Malerei neue Pflege erhalten sollte. Je dornenvoller der Weg zu diesem doppelten Ziele war, um so rückhaltlosere Anerkennung verdient die hingebende, von idealer Auffassung getragene und doch zugleich durch praktische Umsicht begrenzte Thätigkeit jener drei Männer, welche aus eigenem Beginnen und ohne

jede staatliche Beihilfe im Verlauf der Jahre bedeutendes hervor-
gerufen und in gewissem Sinne für die oben gezeichnete Thätigkeit der Landeskunstkommission das Vorbild geliefert haben. Denn
auch in dem älteren Verein trat die nationale Richtung in den
Vordergrund: Vorgänge aus der deutschen Geschichte wurden bevor-
zugt mit dem ausgesprochenen Zwecke, zu jener Zeit des politischen
Mismutes auf das geschichtliche Bewustsein unsers Volks belebend
einzuwirken, was durch Wanderausstellungen der von dem Verein
erworbenen Bilder vermittelt werden sollte. So erhellt, daß die
Aufgabe der jüngeren Landeskunstkommission sich vielfach mit den
Zielen der Verbindung für historische Kunst berühren muste, nur
daß sie eben dieselben mit bedeutenderen Mitteln und gesammelter
Kraft zu verfolgen vermochte. Diese Gleichartigkeit hat sich aber
nicht hemmend, sondern eher förderlich erwiesen, zumal die leitenden Persönlichkeiten (Eggers, Schöne, Jordan, von Goßler) zum
Teil für beide Kreise dieselben waren. Die ersten Gemälde, welche
der Bestellung des Vereins entsprangen, waren von A. Menzel
und M. Schwind, denen sich in der Reihe der Jahre unter anderen
Bleibtreu, G. Spangenberg, Rosenfelder, Scholz, Kamphausen,
Piloty, Thumann, Lindenschmitt anschlossen. Bei einer durch-
schnittlichen Jahreseinnahme von 12 000 Mark hat die Verbindung bis jetzt etwa 300 000 M. zum Ankauf von Bildern histo-
rischer Gattung verwendet.

Den älteren Genossen schloß sich G. von Goßler als Vertreter des Königsberger Kunstvereins auf der siebenten Hauptver-
sammlung zu Köln im Jahre 1861 an; bedeutender erscheint mir
noch der Einfluß, welchen er durch seine Berichte auf die von ihm
vertretenen Vereine (neben Königsberg in der Regel auch Danzig
und Stettin) und somit auf die gesammte östliche Vereinsgruppe

übte. Von allgemeiner Bedeutung war noch, daß er im Anschluß
an die Kölner Versammlung die gleichzeitige Kunstausstellung in
Antwerpen und die Gemäldesammlungen in Amsterdam und dem
Haag besuchte und in Folge der dort erhaltenen Eindrücke die
Aufmerksamkeit der deutschen Vereine auf die Schöpfungen der
hervorragenden belgischen Meister jener Zeit, de Kayser, Leys,
Dillens und des damals erst auftretenden Pauwels lenkte, auch
mit dem letzteren persönliche Anknüpfungen suchte, welche später
unserem Kunstleben zu gute kamen. Allerdings hatte schon die
Berliner Ausstellung vom Jahre 1842 in den beiden Prachtbildern
von Gallait und de Biefve gezeigt, was die belgische Kunst vermöge und wie viel von ihr in der Behandlung der Farbe und in
wirkungsreicher Gruppierung zu lernen sei. Der von Goßler er-
stattete Reisebericht erneuerte und verallgemeinerte die damaligen
Eindrücke; es ist nicht schwer, die Nachwirkung dieser Berührung
in der Entwickelung unserer Malerei zu entdecken.

Das gereifte Urteil und das Ansehn, welches Goßler durch
die geschilderte Thätigkeit sich auf diesem Kunstgebiete erwarb,
sicherte ihm auch bei anderen Anlässen einen bestimmenden Einfluß; im Jahre 1874 vertrat er im preußischen Herrenhause mit
bestem Erfolge den von der Staatsregierung beantragten Ankauf
der Suermondt'schen Sammlung*), welche seitdem eine unschätz-
bare Ergänzung des Berliner Museums bildet, und seiner Verwendung verdankt das Königsberger Konsistorium aus dem Nachlasse Rosenfelders das schöne Bild, welches die erste Abendmahls-
feier der Kurfürstin Elisabeth von Brandenburg darstellt. Aber
auch ihm selbst brachten diese Bestrebungen einen schönen Gewinn

---

*) Anhang Nr. 11.

in der persönlichen Verbindung mit den oben genannten Kunstfreunden, welche sich namentlich bei Looff und Eggers zu vertrau-
lichem und hingebenden Anschluß an den höher stehenden und
doch gleich fühlenden Genossen steigerte; die Antworten Goßlers
geben den erfrischenden Eindruck solcher Freundschaftsbeweise deut-
lich kund.

6

Dieses gesammte staatliche und künstlerische Wirken v. Goßlers verband sich mit einem tiefen religiösen Gefühl, welches je mehr und mehr seinem Denken und Empfinden Klarheit und Harmonie, seinem Wollen und Handeln Stetigkeit und Nachdruck verlieh und sein Leben selbst in schweren Wechselfällen mit dem Frieden um= kleidete, welcher den Kindern Gottes verheißen ist. Wer glaubet, der fliehet nicht, dieses Wort des Propheten hat sich an dem Kanzler in seiner vollen Kraft bewährt, und so hat er sich auch mit strenger Wahrhaftigkeit um die Aneignung des ewigen Heils bemüht. Vielleicht daß dieses Ringen auch durch äußere Fügungen verstärkt und begünstigt wurde: das Aufrücken in höhere Ämter, das hieraus stammende Gefühl größerer Verantwortlichkeit, die lebendige Anschauung der großen vaterländischen Entscheidungen, die Würdigung der Gefahren, mit denen die wachsende Verwirrung des sittlichen Bewußtseins den Staat und die Gesellschaft so offen= kundig bedroht, — alles dieses mußte seine ernste Natur immer tiefer mit dem Verlangen nach der Klarheit füllen, welche nur aus dem göttlichen Lichte quillt.

Kein Zweifel aber, daß dieses Verlangen durch das Vorbild genährt wurde, welches ihm die nächste und innigste Lebensgemein= schaft bot. Wir haben der Beispiele genug, daß selbst ungläubige

5

Männer durch ihre Frauen zu Gott zurückgeführt worden sind; zu
diesen ungläubigen hat freilich G. von Goßler nie gehört. Er
hat stets dankerfüllt seines Lehrers Schleiermacher gedacht; schon
während seines Potsdamer Aufenthalts beteiligte er sich mit Nach=
druck an den Bestrebungen des Gustav=Adolf=Vereins und eben
dort erhielt und nahm er Anlaß, seine tiefe Anhänglichkeit an die
Kirche und an einen ihrer berufensten Prediger während einer
Kirchenvisitation in unabhängigem und warmem Bekenntnis zu
bezeugen. Aber wie oft erleben wir, daß thatkräftige Männer,
deren Beruf auf äußere Arbeit, auf die Leitung bedeutender Amts=
und Lebenskreise hinweist, sich anfänglich mit allgemeiner Ehr=
erbietung vor den göttlichen Dingen begnügen und erst durch die
Anregungen des Familienlebens, besonders aber durch die Glaubens=
innigkeit, ja durch den unmittelbaren Zuspruch der Gattin zu
kraftvoller Kirchlichkeit erweckt und befähigt werden! Wer Frau
Sophie von Goßler gekannt, wird über ihren vorbildlichen Einfluß
auf das Glaubensleben ihres Gatten nicht im Zweifel sein, ebenso
wenig aber darüber, daß diese Anregung in dem ernsten Gemüt
des Kanzlers sich bald zu bewustem und selbsteignem Wollen ent=
wickeln muste. Zeugnis dessen ist, daß sich in seinem Nachlaß
eine Reihe von religiösen Sinnsprüchen und von Bibelstellen,
unter den letzten namentlich solcher aus dem Neuen Testament,
welche die Auferstehung und das ewige Leben verkünden, von seiner
Hand aufgezeichnet gefunden hat. Und nicht genug, daß sein Ge=
mütsleben sich immer inniger mit den Heilsthatsachen und dem
kirchlichen Bekenntnis verband und ausglich; vielmehr trieb es ihn
nach dem Maße und der Art seiner Begabung, den Segen,
welchen er selbst empfand, auch handelnd auszuprägen und seiner
Umgebung mitzuteilen. Dies zeigte sich zunächst in seiner hin=
gebenden Mitarbeit an christlichen Liebeswerken, worunter seine

Teilnahme am Gustav=Adolf=Verein schon erwähnt wurde, sodann ebenso in der unermüdlichen und umsichtigen Thätigkeit, welche er der Begründung, dem Ausbau und der Belebung unserer kirch= lichen Einrichtungen auf allen Stufen des synodalen Lebens und gleicherweise in den Verhandlungen des Herrenhauses gewidmet hat. Beides verdient eine genauere Darstellung.

Unsere Zeit steht wegen ihrer Unkirchlichkeit in argem Verruf; unsere Gottentfremdung wird uns häufig und nachdrücklich genug vorgehalten. Richtig ist, daß Gottlosigkeit und böse Sitte sich kaum jemals so frech hervorgewagt als in dem letzten Menschen= alter: die Leugnung des lebendigen Gottes, ja alles überirdischen empfiehlt sich in wissenschaftlicher Verkleidung der Menge der Halbgebildeten, welche weder befähigt sind die lückenhafte Beweis= führung des Materialismus und des Pessimismus zu erkennen, noch geneigt ihren Wandel nach der Strenge des Sittengesetzes zu regeln. Freilich wo das Leben nicht als eine Pflicht sondern nur als ein nach Möglichkeit auszubeutender Besitz des einzelnen gilt, da erlischt notwendig das Gefühl sittlicher Gemeinschaft und die vernunft= und gewissenlose Selbstsucht verschmäht nicht nur die Mitarbeit an der Heilung der kranken Menschheit, sie ver= schmäht und wirft fort auch das eigene Leben, wenn dasselbe statt der Befriedigung der Lust Entsagung und Demut fordert. Kein Wunder, daß diese Irrlehren aus den Schriften der falschen Pro= pheten in die Tagespresse überströmen und in den Versammlungen des armen Volks gepredigt werden, welches sein Elend weder ab= zuwehren noch zu tragen weiß; kein Wunder dann, daß solch geistige Verfinsterung die gedrückten verführt ihr eigenes Leben wie das Leben des Mitmenschen zur verachten und selbst auf geringen Anlaß auszutilgen.

Indes hat gerade diese Heftigkeit und Nacktheit des Übels die

erſten Keime der Heilung erzeugt. Die früher weithin verbreitete
Gleichgiltigkeit, der religiöſe Schlaf, die verſtandesmäßige Ab=
findung mit den Thatſachen der Offenbarung, die ſittliche und
äſthetiſche Verflachung ſind allerdings bei vielen zu offenem Abfall
entartet: ſie haben aber eben deshalb auf der anderen Seite das
Bewuſtſein ſchwerer Verfehlung und Nachläſſigkeit aufgerüttelt und
die kirchliche Feigheit durch den Mut des chriſtlichen Bekenntniſſes
erſetzt. Widerum aus den höheren und gebildeteren Kreiſen, auf
denen allezeit die Verantwortung für den Stand der allgemeinen
Sittlichkeit laſtet, ertönt mit wachſender Stärke der Ruf zu raſt=
loſer und hingebender Arbeit an dem Ausbau der Kirche wie zu
opferwilliger Hilfe für die geiſtig und leiblich darbenden. Und wie
beim Böſen ſo gilt noch mehr vom Guten, daß der Anfang die
Hälfte des Weges bedeute: vor der friſchen und doch demütigen
Aufnahme des Evangeliums verbleichen die Geſpenſter der Schein=
weisheit, der Glaube an das Reich Gottes verbürgt das ſtetige
wenn auch langſame Wachstum unſerer Kirche, und wenn die neu=
erwachte Luſt an chriſtlicher Liebesarbeit zunächſt die Fülle des
Elends faſt mehr aufgedeckt als gelindert hat, ſo liegt doch in
dieſer Erkenntnis die Vorbedingung und zugleich ein weiter Schritt
zur Heilung. Nicht alles iſt an dieſem augenfälligen Bemühen
um Kirchentum und Wolthätigkeit lauter: Herrſchſucht und Eitel=
keit drängen ſich auch hier wie bei allem Menſchenwerk ein.
Allein es iſt mir nicht zweifelhaft, daß die Hingabe an das Gött=
liche zuletzt das Unreine ausſtoßen und daß mit der eigenen Be=
ſeligung auch die Kraft zu weiterem Ringen wie die Zuverſicht
des endlichen Gelingens wachſen wird. Die Kirche zahlt reichlich
zurück, was ihr an Liebe gewidmet wird, auch in dem Sinne, daß
ſie den Willen ihrer Arbeiter ſtärkt und ihr Gemüt von den
Schlacken der Selbſtſucht reinigt.

Die lebendige Frucht dieses Gottvertrauens läßt sich insbesondere an solchen Schöpfungen beobachten, welche unter dem Drange christlichen Erbarmens von einzelnen wie auf höhere Eingebung begonnen zunächst weit über das Vermögen ihres Urhebers hinausragen und gerade durch diese Kühnheit die Hilfe vieler herbeirufen und entzünden. Hierher gehört, was in unseren Tagen zur Ausbildung der Diakonie, zur Pflege der Halbsinnigen und Krampfbehafteten, zur Beseitigung des Landstreichertums geschehen ist; und unter solchen Schöpfungen verdient das Krankenhaus der Barmherzigkeit in Königsberg nach der Zeit seines Ursprungs und nach seiner ausgedehnten Wirksamkeit vorzugsweise genannt zu werden.

Das Krankenhaus der Barmherzigkeit verdankt sein Entstehen der Anregung eines seiner Zeit vielgenannten höheren Offiziers, welcher unter der Nachwirkung der Umsturzbewegungen im Jahre 1848 vielfach in Parteianschauungen befangen war und auch wol die Grenzen seines amtlichen Berufs wie das Maß seiner Begabung miskannte, aber durch diese Schöpfung seinen christlichen Sinn und seine Liebe zu den Schwachen unzweifelhaft dargethan hat. Die im Jahre 1850 gegründete Anstalt litt noch längere Zeit wie unter anderen Vorurteilen so namentlich unter der Abgunst, welche den sonstigen Bestrebungen ihres Gründers entgegengebracht wurde und welche selbst die thatkräftige Hilfe des verehrungswürdigen Oberpräsidenten Eichmann und die eifrige Fürsorge seiner trefflichen Gemahlin nicht völlig zu überwinden vermochte. Erst seitdem der damalige Tribunalsvicepräsident von Goßler 1858 zum Obervorsteher gewählt wurde, gestaltete sich die Lage der Anstalt günstiger; wie glücklich sie sich seitdem entwickelt hat, wird aus folgenden Angaben erhellen.

Noch im Jahre 1858 fand die ganze Anstalt ihr Unter-

kommen in dem einen Hause, welches ihr bei der Gründung
überwiesen war; 1885 umfaßte sie ein großes Häuserviertel mit
ausgedehnter Gartenfläche. Fast alle hinzutretenden Gebäude und
namentlich die Kapelle im Haupthause waren inzwischen neu auf-
geführt; der zuletzt unternommene Bau eines Feierabendhauses für
alt gewordene Schwestern geht jetzt seiner Vollendung entgegen.
Diesem großen Besitze gegenüber sind die Schulden, welche noch
auf der lediglich aus milden Beiträgen gestifteten Anstalt lasten,
von keiner Bedeutung. Ursprünglich nur der Krankenpflege gewidmet, erkannte das Haus doch bald als einen wesentlichen Teil
seiner Aufgabe die Ausbildung von Diakonissen, und wenn es in
jenem Bezuge nicht mehr, aber doch reichlich ebenso viel als andere
Krankenhäuser gewirkt und darüber hinaus durch geordnete Seelsorge und Einrichtung eines eigenen Gottesdienstes seinen Zu-
sammenhang mit der Kirche immer bezeugt und befestigt hat, so
ist es in der zweiten Richtung durch Ausbildung und Entsendung
zahlreicher Pflegerinnen nicht nur ein Segen für die Provinz
Preußen, sondern auch ein Vorbild für gleichartige Häuser in
anderen Landesteilen geworden. Im Jahre 1858 besaß das Haus
vierzehn Diakonissen und wenige Probeschwestern, 1885 gehörten
ihm insgesamt zweihundertunddreißig Schwestern mit einund-
funfzig Außenstationen an; besondere Erwähnung verdient die
Hilfe, welche den Kliniken der Universität durch die dorthin er-
betenen und entsendeten Pflegerinnen gewährt wird. Ursprünglich,
wie schon bemerkt, mit Mistrauen angesehen, ist es jetzt unter
allen Schöpfungen christlicher Liebe in Stadt und Provinz die
volkstümlichste, wird schlechthin die Barmherzigkeit genannt und
ist wie äußerlich sicher gestellt so auch fest in die helfende Liebe
der Gemeinden und der kirchlichen Vertretungskörper eingefügt,

wozu die opfervolle Arbeit der Schwestern während der widerholten
Seuchen und Kriege sichtbar beigetragen hat.

Zu dieser segensreichen Entfaltung und der jährlich wachsen=
den wolverdienten Zuneigung der Bevölkerung hat vor allem die
im Hause waltende Treue verholfen; daß aber diese Arbeit richtig
gelenkt und verteilt wurde, daß sie in hohen und weiten Kreisen
Anerkennung und stets bereite Hilfe, oft über das Maß aller Er=
wartung hinaus, gefunden hat, ist in erster Reihe das Werk
unsers Kanzlers, welcher als Obervorsteher von 1858 bis zu seinem
Tode mit der kurzen Unterbrechung seines Insterburger Aufenthalts
die Anstalt geführt hat. Seine Thätigkeit bestand hierbei in regel=
mäßigen Besuchen des Hauses, in der mit starkem Briefwechsel
verbundenen Erledigung aller äußeren Geschäfte, in der Abhaltung
der Vorstandssitzungen, den Beratungen mit dem Geistlichen, dem
Oberarzt und der leitenden Schwester, und nicht zum wenigsten
in der steten Fürsorge für die Beschaffung der großen Geldsummen,
welche zum Unterhalt und weiteren Ausbau der Anstalt erfordert
wurden; eine Erleichterung für ihn trat erst 1869 mit der An=
stellung eines Geistlichen als besonderen Anstaltsdirektors ein. Mehr
als diese Arbeit bedeutete aber das feine von wahrer Liebe er=
zeugte und getragene Verständnis, welches Goßler für die eigen=
tümliche Aufgabe des Hauses besaß und wie bei anderen Anlässen
so in seinen kurzen Ansprachen bei den Festen der Anstalt be=
kundete. Diese gesammte Wirksamkeit fand ihre Ergänzung und
innere Stütze an nächster Stelle in der thätigen Teilnahme, welche
Frau von Goßler schon seit 1856 bis zu ihrem Heimgange der
Anstalt geschenkt hat. Ganz und gar eines Sinnes mit ihrem
Gemahl gab sie sich auch mit ganzem Herzen der Arbeit für die
Anstalt hin: nicht nur daß sie die zur Unterstützung und Er=
weiterung des Hauses getroffenen, oft mit großer und unangenehmer

Mühewaltung verbundenen Unternehmen stets mit gleichem Froh-
sinn und freilich auch einem der Arbeit entsprechenden Ertrage
leitete, sondern tiefer noch ergriff die herzgewinnende Freundlichkeit, mit welcher sie den pflegenden Schwestern und den Kranken
nahe trat. Dies ist allezeit, insbesondere in dem Jahresberichte
der Anstalt von 1877 freudig und dankbar anerkannt; eine größere
Anerkennung und zugleich die willkommenste Fortsetzung ihres
Wirkens ergab sich aus dem durch die Folgezeit völlig gerecht-
fertigten Vertrauen, welches nach ihrem Tode die Tochter an die
Stelle der Mutter berief.

Es versteht sich, daß dem Kanzler die gleiche Dankbarkeit
von dem Krankenhause und für dasselbe in Worten und, was
besser war, durch helfende That gern bezeugt wurde; niemals doch
lebhafter als bei seinem Amtsjubiläum. Ihre Majestät die Kaiserin
ehrte den Jubilar durch ein Handschreiben, in welchem sie an-
knüpfend an ihren im Herbst 1879 der Anstalt geschenkten Besuch
seine Verdienste dankend hervorhob*). Der Vorstand des Hauses
sprach seinen Dank in einem prachtvoll ausgestatteten Schreiben
aus und übergab zugleich eine bald auf 7500 Mark anwachsende
Geldsumme, welche zur Stiftung eines für immer mit dem Namen
seines Obervorstehers ausgezeichneten Freibetts bestimmt war. So
entsprach es durchaus dem gegenseitigen Verhältniß, wenn der
Kanzler auf diese Gabe antwortete, daß er seine Liebe zum Krankenhause der Barmherzigkeit in Worten nicht auszudrücken vermöge
und daß er die Thätigkeit, welche er demselben habe zuwenden
dürfen, als eine besondere göttliche Segensspende empfinde.

Nicht so lange Zeit, aber dieselbe Treue widmete der Kanzler
einer älteren Stiftung, welche gleichfalls den Zweck verfolgte einem

---

*) Anhang Nr. 5.

der drückendsten und gefährlichsten Schäden unserer Zeit beizu-
kommen. Der im Jahre 1833 zu Königsberg gegründete Hilfs-
verein für städtische Armenpflege nahm sich insbesondere der ver-
warlosten Kinder an, welche, Knaben wie Mädchen, in einem
besonderen Hause je nach Maßgabe der vorhandenen Mittel und
Räumlichkeiten ihrer Unarten entwöhnt und in christlicher Erziehung
mit den nötigen Kenntnissen und Fertigkeiten ausgerüstet wurden.
Die Leitung dieses Vereins trat G. von Goßler im Jahre 1857
an und führte sie mit erfolgreicher Umsicht bis zu seiner Versetzung
nach Insterburg. Seinen Bemühungen besonders ist es zu danken,
daß die wachsenden Vereinseinnahmen eine Vermehrung der Zöglinge
von 35 auf 40 gestatteten. Die Abfassung des Jahresberichts,
sonst Sache des Vereinssekretärs, übernahm er selbst; er leitete die
Vorstandssitzungen und regelte die Ausgaben, und bei häufigen
Besuchen der Anstalt prüfte er die geistige und leibliche Entwickelung der Zöglinge auf das genaueste. Aber auch später nachdem
die Leitung der Vereinsangelegenheiten anderen Händen anvertraut
werden muste, gab er seiner bleibenden Zuneigung zu dieser Stiftung
deutlichen Ausdruck: an den großen Festen unserer Kirche unterließ
er selten, nach dem Gottesdienste das Vereinshaus zu besuchen,
zur Weihnacht aber und wo es sonst galt den Kindern eine Freude
zu bereiten, zeigte er nicht allein ein teilnehmendes Herz sondern
auch eine offene Hand.

Diesen beiden Stiftungen, von denen die erste im Verlauf
ihrer Entwickelung eine mächtige Bedeutung für die damals noch
geeinte große Provinz Preußen, ja wie schon bemerkt in vorbild-
licher Weise auch für andere Landesteile gewonnen hat, die zweite
mehr auf örtliche Wirksamkeit beschränkt war, hat der Kanzler
seine eingreifende Fürsorge besonders zugewendet, ohne doch anderen
mildthätigen Vereinen seine hilfreiche Teilnahme zu versagen.

Noch ergiebiger und weiter reichend war indes seine Thätig=
keit für den Ausbau und die lebendige Erfüllung unserer Kirchen=
verfassung durch alle Stufen ihrer Entwickelung; es ist von dem
größten Gewicht, daß ein ausgezeichneter Jurist von so hervor=
ragender Würde nicht nur sein Wissen und sein amtliches Ansehn,
sondern überhaupt sein Sinnen und Empfinden von Anfang an
in den Dienst der Kirche und ihrer Verfassung gestellt hat.

Bekanntlich hegte schon Friedrich Wilhelm IV. das Verlangen,
die evangelische Kirche aus der staatlichen Umschlingung möglichst
loszulösen und ihr hiermit zu größerer Selbständigkeit und
eigenem Leben zu verhelfen; hiervon zeugt die Berufung der
Generalsynode im Jahre 1846, die Einsetzung des Oberkirchenrats
und der Erlaß vom 29. Juni 1850 über die Grundzüge einer
kirchlichen Gemeindeverfassung. Auch ließ sich nicht verkennen,
daß unsere Kirche aus der Erweckung des religiösen Gefühls in
und nach den Freiheitskriegen einen bleibenden Gewinn nicht ge=
zogen, sondern durch weite Schichten einer flachen Selbstgerechtig=
keit Raum gegeben hatte, deren Wurzel hauptsächlich in dem da=
mals herrschenden theologischen Rationalismus und seinen geistlichen
Trägern lag. Von dem Predigtamte konnte also trotz manchen
Regungen tieferer Erkenntnis die Heilung dieser lähmenden Selbst=
zufriedenheit nicht kommen: so war der Versuch, die heilsverlangen=
den Laien gleichwie in der Urkirche zur Arbeit zu rufen, wol ge=
rechtfertigt. Allein die Schwierigkeit der Aufgabe, die Scheu, daß
die Laien ihre Thätigkeit nicht innerhalb und zum Heile der
Kirche entfalten sondern wider dieselbe kehren möchten, dazu die
Vorliebe für bestimmte äußere Formen, insbesondere für ein bischöf=
liches Regiment verhinderten, daß es zu klaren und fruchtzeugenden
Auffassungen, zu einer festen und weitgreifenden Gestaltung der
kirchlichen Verfassungspläne kam. Wenn demnach auch durch den

vorerwähnten Erlaß und in Fortsetzung desselben durch die Ver=
ordnungen vom 27. Februar 1860 und vom 5. Juni 1861 über
die Bildung der Gemeindekirchenräte und der Kreissynoden den
Gemeinden eine gewisse Mitwirkung an den kirchlichen Zwecken
eingeräumt wurde, so war dieselbe doch viel zu eng bemessen und
viel zu sehr vom Mißtrauen gegen ein selbständiges Gemeinde=
wesen bestimmt, als daß hiermit ein frischer Quell kirchlichen
Lebens aufgegraben werden konnte.

Wollte man also der Kirche in den Gemeinden einen festeren
Halt sichern und aus denselben wirkliche Nahrung zuführen, so
that ein kräftigeres und weitherzigeres Verfahren Not. Auch be=
lehrte ja das Beispiel der beiden westlichen Provinzen, daß eine
wärmere Kirchlichkeit sich nicht nur mit einer presbyterialen Ver=
fassung vertrage, sondern wol gar durch dieselbe gehegt und ge=
mehrt werde. Sonach wurden die außerordentlichen Provinzial=
synoden des Jahres 1869 berufen, um Grund und Klarheit für
eine weitere und fruchtbarere Ordnung zu schaffen; das Kirchen=
regiment hatte erkannt, daß hierzu die für die Gemeinderatswahlen
bestehende Vorschlagsliste durch eine freiere Wahlart ersetzt, die Mit=
wirkung der Gemeinde aus der bisherigen Umschnürung gelöst, das
Laienelement verstärkt werden müsse. Eine so folgenschwere Maß=
regel war nicht unbedenklich: man konnte die Entfesselung unkirchlicher
Mächte fürchten, durch welche das Pfarramt nicht gestützt sondern
unterbunden und untergraben würde, und wenn der Unterschied zwischen
geistlicher Seelsorge und kirchlicher Zucht noch heute auf beiden
Seiten nicht selten verkannt, sogar gelegentlich ein Übergriff in
das Lehrgebiet der Kirche versucht wird, so kann der heftige Wider=
spruch, welchem die Erweiterung des Gemeindewahlrechts damals
gerade in hochkirchlichen Kreisen begegnete, nicht überraschen. Zu=
dem war man auf eben dieser Seite nicht selten geneigt, das

geistliche Amt wegen seiner göttlichen Einsetzung als eine Allein=
herrschaft aufzufassen, dies freilich im Sinne der nachlutherischen
Orthodoxie, aber im völligen Gegensatze zu Luther selbst, welcher,
ohne dem Predigtamt etwas zu vergeben, doch sofort und troß
den damaligen unfertigen und unklaren Verhältnissen die Gemeinde
nicht nur zur Abschüttelung des Papsttums sondern auch zur Be=
lebung der kirchlichen Sitte und zur Warnehmung der Zucht her=
beigerufen hatte. Und wo, wie schon angedeutet, bei der unklaren
Gährung auf religiösem Erkenntnisgebiet von der ungehemmteren
Zulassung der Laien eine Entstellung oder Nichtachtung der reinen
Lehre befürchtet wurde, da war man eben deshalb leicht versucht
die große Gefahr zu übersehen, welche eine schroffe und einseitige
Bekenntnisgerechtigkeit für das Leben der Kirche wie für die Er=
lösung des einzelnen Christen heraufführen mußte. Diese ver=
schiedenartigen Sorgen fanden auf den Provinzialsynoden von 1869
ihren lebhaften Ausdruck und verschärften sich im Verlauf des
Kampfes zu Gegensätzen, welche später zwar ihre Zielpunkte ver=
schoben und ihre Formen gewechselt haben, aber leider bis heute
nicht genügend ausgeglichen sind.

In die Synode der Provinz Preußen wurde auch der Kanzler
von Goßler durch Königliche Ernennung berufen; seine kirchliche
Thätigkeit hatte allerdings schon mehr als ein Jahrzehnt früher
mit seiner Wahl zum Gemeindeältesten an der Altroßgärtner Kirche
in Königsberg begonnen. Bei Eröffnung der Synode noch durch
die Verhandlungen des Herrenhauses fern gehalten, trat er erst
mit der dritten Sitzung ein; die Größe des ihm schon damals
entgegengetragenen Vertrauens erhellt aus dem Umstande, daß er
nachträglich sofort und zwar einstimmig in sämmtliche Kommissionen
gewählt wurde, welche zur Vorberatung der kirchenregimentlichen
Vorlagen eingesetzt waren.

Innerhalb der hiermit beginnenden Entwickelung unserer
Kirchenverfassung hat der Kanzler von vorn herein eine klare und
feste Stellung eingenommen und dieselbe durch alle Zeitbewegungen
ohne Wanken festgehalten, wenn gleich seine Auffassung sich im
einzelnen vertieft, sein Urteil über das zunächst Notwendige und
Erreichbare geschärft haben mag. Weitsichtiger als die Mehrheit
der Synode erkannte er sofort*), daß dem Bekenntnisstande unserer
Kirche keine Gefahr drohe, daß vielmehr die Mittel und Wege
gefunden werden sollten, um die Pfarrer in eine lebendigere und
vertrauensvollere Verbindung mit ihren Gemeinden zu setzen, ihre
Wirksamkeit über die Predigt und die Sakramentsverwaltung
hinaus zu erweitern, das geistliche Amt durch die glaubensbewußte
Gemeinde zu stützen und gegen unklare oder gar kirchenfeindliche
Bewegungen zu stärken, endlich mit dieser Ausdehnung der kirch=
lichen Hilfsquellen und Machtmittel die Schlafenden zu wecken,
die Elenden und Verkommenen zu Christus und seiner Kirche
zurückzurufen. Keine Nebenrücksicht vermochte seinen Blick von
dem durchgreifenden Grundsatze abzulenken, daß die Kirche nicht
von oben und außen, sondern nur von unten und innen erbaut
werden könne. Die Einzelgemeinde war ihm daher die eigentliche
Quelle und Trägerin des kirchlichen Lebens, die Wurzel, aus wel=
cher die höheren Glieder der Kirche hervorwachsen, in welche diese
wiederum Sicherheit und Kraft ergießen sollten. Aus dieser Über=
zeugung, welche er mit Kopf und Herz gleichmäßig gefaßt hatte,
erklärt sich seine unermüdliche und hingebende Thätigkeit im
Kirchenrat seiner Königsberger Gemeinde, dessen Sitzungen er nie
versäumte, dessen Bestrebungen im großen wie im kleinen er mit
Rat und innerer Teilnahme zu beleben und allezeit auf das wesent=

*) Anhang Nr. 12.

liche hinzulenken wuſte. Dies alles doch, ohne ſich und ſein hohes
Amt jemals in den Vordergrund zu ſtellen; er ſprach häufig, aber
nur, wenn er zur Förderung der Arbeit wirklich beizutragen ver=
mochte. Dieſelbe Weiſe der Beteiligung hat er auf den Kreis=,
den Provinzial= und den Generalſynoden eingehalten, nicht ver=
möge irgend einer Berechnung; vielmehr war es ihm natürlich,
ſich nur an entſcheidenden Fragen und zwar inſoweit zu beteiligen,
als er ſich Kraft und Einſicht zu ihrer Löſung zutrauen durfte,
dann aber mit allem Nachdruck, zu welchem ſeine Kenntniſſe und
ſein Gewiſſen ihn befähigten, und ohne Scheu vor Anfeindung
und Verdächtigung, welche doch ſonſt auf kirchlichem Gebiete ebenſo
häufig als empfindlich zu ſein pflegen. Auf die Behandlung ſol=
cher Fragen hat er ſich nach Ausweis der hinterlaſſenen Aufzeich=
nungen ſtets auf das eingehendſte vorbereitet, überall neben ſach=
licher Begründung auch auf Klarheit und Schärfe des Ausdrucks
bedacht. Hierbei verdient beſonders bemerkt zu werden, daß er
nie dem nicht ſeltenen Fehler ſcharfer Juriſten verfiel, die Be=
ratungsgegenſtände einſeitig nach Geſichtspunkten des formellen
Rechts oder wol gar nach vorgefaßter Meinung advokatiſch zu be=
handeln. Aus ſeinen Vorbereitungen wie aus ſeinen Reden er=
giebt ſich vielmehr eine Vorliebe für die rechtsgeſchichtliche Be=
leuchtung der Frage, mittels deren er dieſelbe nach ihrer allmäh=
lichen Entwickelung und im Zuſammenhange mit den verwandten
Gebieten zu erfaſſen und aus jeder Parteibeſchränkung loszulöſen
verſuchte. Es iſt deshalb leicht verſtändlich, daß er bemüht war
auch dem Staate zu geben, was des Staates iſt, nicht nur im
Sinne äußerer Gerechtigkeit ſondern insbeſondere weil er auch den
Staat als ein ſittliches Gebilde begriff, der für ſeine weſentlichſten
Lebensäußerungen Antrieb und Maß aus der religiöſen Sittlich=
keit zu entnehmen, dann aber auch ſeine Kraft dankbar zur För=

derung des kirchlichen Lebens anzuwenden habe. Bedürfte es hierfür eines äußeren Beweises, so würde derselbe durch die Rede geliefert werden, mit welcher der Kanzler in der vierzehnten Sitzung
des Herrenhauses vom 7. März 1872 in gleichmäßiger und scharf-
prüfender Würdigung der staatlichen wie der kirchlichen Ansprüche
für das Aufsichtsrecht des Staates über die Schule eintrat*). Es
war eine natürliche Folge dieser sachlichen Klarheit und Entschiedenheit, daß sein Eingreifen nie aufreizend und trennend sondern, soweit dies möglich war, vermittelnd und versöhnend wirkte,
eben weil er bei aller Treue gegen seine Grundsätze und bei aller
Anhänglichkeit an die gleichgesinnten Freunde doch nie die Partei
über die Sache stellte, nie Recht haben und behalten, sondern stets
das Rechte suchen und finden wollte. Dies ist gelegentlich selbst
von seinen Gegnern anerkannt, wie sich z. B. aus einem als
Manuscript gedruckten Berichte der Minorität auf der Provinzialsynode von 1869 (S. 10) ergiebt, wie viel mehr von unbefangener
Seite. In dieser Beziehung mag es gestattet sein, aus einem
Briefe, welchen der hier vor anderen urteilsberechtigte Präses dieser
Synode, der auch schon heimgegangene Superintendent Erdmann
aus Tilsit, nach Schluß der Beratungen an den Kanzler schrieb,
den Anfang anzuführen: „Eure Excellenz wollen gütigst erlauben,
daß ich einem Gefühle, welches ich Ihnen vorgestern nicht aussprechen konnte, einen kurzen schriftlichen Ausdruck gebe. Es ist
dies das Gefühl tiefer Ehrerbietung vor dem Geiste, in welchem
Sie die nun geschlossene Provinzialsynode so wesentlich gefördert,
und das Gefühl aufrichtiger Dankbarkeit für das Wolwollen, mit
dem Sie dem ungeschulten Präses derselben stets unter die
Arme gegriffen haben. Sind meine Funktionen bei dieser außer-

---

*) Anhang Nr. 13.

ordentlichen Synode nun auch beendet und vergangen, so lebt die
Erinnerung an die letzten Novemberwochen des vorigen Jahres
doch in mir fort und mit ihr die herzlichste Ehrfurcht vor den
Männern, welche trotz der verschiedensten und trotz der höchsten
Lebensstellung und Geistesbegabung doch ein warmes Herz für die
Kirche haben und für ihr heiliges Recht, das sich am wenigsten
dem klaren Blicke des Rechtsgelehrten entziehen kann."

Verfolgen wir hiernach im einzelnen die Teilnahme des
Kanzlers an dem Aufbau unserer Kirchenverfassung, um sodann
seine kirchliche Thätigkeit auf Grund derselben zu betrachten.

Wie schon angegeben, handelte es sich auf der Provinzialsynode von 1869 zunächst um Erweiterung des Gemeindewahlrechts bei der Bildung der kirchlichen Vertretungskörper, oder mit
anderen Worten um Aufhebung der seit 1850 bestehenden Vor-
schrift, nach welcher der Kirchenvorstand aus der in doppelter Anzahl von den jeweiligen Kirchenorganen Vorgeschlagenen gewählt
werden mußte. Es erhellt ohne weiteres, daß diese Wahlart im
wesentlichen der Selbstergänzung des Kirchenrats und zwar unter
der bestimmenden Einwirkung des Pfarrers gleichkam. Ein so
beschränkendes und mistrauisches Verfahren bildete selbst für den
Geistlichen eine peinliche Last und war überdies nicht geeignet,
das kirchliche Leben in den Gemeinden anzuregen noch zu stärken,
hatte auch dieses Ziel thatsächlich bis dahin völlig verfehlt. Gleichwol erfuhr die auf Beseitigung der Vorschlagsliste gerichtete Vorlage des Kirchenregiments die herbsten Angriffe: man scheute sich
an dem Bestehenden zu rütteln, noch mehr scheute man, die bisher in engem Kreise geübte Macht an die Gemeinde hinzugeben
und aus der bisherigen Abgeschlossenheit in einen lebendigeren und
vertraulicheren Verkehr mit ihr zu treten. Vor allem fürchtete
man das Eindringen ungläubiger und kirchenfeindlicher Mitglieder;

mindestens muſte alſo vor der Entſcheidung über die Vorſchlags=
liſte das aktive und paſſive Wahlrecht mit ſchützenden Bedingungen
umgeben werden. Die Vorlage bot dieſe Bedingungen in ziem=
lich unbeſtimmtem Ausdruck; ſtatt deſſen wurde die von dem
Kanzler beantragte und ausführlich begründete Faſſung ange=
nommen*), welche ſodann faſt wörtlich in die Kirchengemeinde=
und Synodalordnung vom 10. September 1873 § 34 Nr. 3 und
§ 35 übergegangen iſt. Ebenſo trat der Kanzler**) entſchieden
für die vom Kirchenregiment vorgeſchlagene Bildung einer größeren
Gemeindevertretung neben dem Gemeindekirchenrat ein, welche denn
auch trotz dem damaligen ablehnenden Beſchluſſe der preußiſchen
Provinzialſynode in unſere Kirchenverfaſſung aufgenommen worden
iſt. Nachdem alſo das Gemeindewahlrecht kirchlich genügend um=
grenzt war, entſchied ſich die große Mehrheit der Synode, unter
ihr der Kanzler von Goßler, für Aufhebung der Vorſchlagsliſte.

Mit Feſtigkeit trat der Kanzler dem von zwei entgegengeſetzten
Seiten geſtellten Antrage entgegen, die Superintendenten durch die
Kreisſynoden wählen zu laſſen***), zuerſt weil nichts gefährlicher
ſei als die Wahl der Vorgeſetzten durch die Untergebenen, dann
weil die oft mit geringer Mehrheit vollzogene Wahl keineswegs
die Auserwählung des rechten Mannes verbürge, vor allem aber,
weil er die Befugnis des landesherrlichen Kirchenregiments unge=
ſchmälert ſehen wollte. Denn es ſei eine neue und ungeſchichtliche
Auffaſſung, daß das landesherrliche Kirchenregiment eine der Kirche
aufgedrungene Inſtitution ſei, welche durch die Synodalverfaſſung
im Sinne vermeintlicher Freiheit erſetzt werden müſſe; die Be=
ſtellung der kirchenregimentlichen Organe und die Ernennung ihrer

---

*) Anhang Nr. 14.
**) Protokolle S. 35.
***) Protokolle S. 42 ff.

Mitglieder, deren unterstes Glied die Superintendenten bildeten, sei eben ein unabnehmbarer und festzuhaltender Ausfluß des landes= herrlichen Reservatrechts in Kirchensachen. So kam es dort nur zu dem sehr unbestimmten und zahmen Beschlusse, daß den Kreis= synoden eine Mitwirkung bei der Wahl der Superintendenten ge= währt werden möge; auch in dieser Fassung ist demselben später keine Folge gegeben. Es ist freilich bekannt, daß die rheinisch= westfälische Kirchenordnung in § 36 den Kreissynoden die Wahl ihres Direktoriums, einschließlich der Superintendenten, für einen sechsjährigen Zeitraum vorbehaltlich der höheren Bestätigung ein= räumt, wobei doch der Bestand des landesherrlichen Kirchenregi= ments und die übrigen landesherrlichen Rechte durch die Allerhöchste Verordnung vom 13. Juni 1853 ausdrücklich vorbehalten worden sind. Nicht so bekannt ist indes, daß diese Bestimmung sich als beson= ders segensreich oder gar als notwendig erwiesen habe; vielmehr fehlt es auch in ihrem Geltungsbereich nicht an Bedenken.

Überhaupt war der Kanzler dem Streben, die Kirche von jeder staatlichen Berührung loszulösen und sodann die Regierung der Kirche soweit als möglich in ihre synodalen Körper zu ver= legen, gründlich abhold; er fürchtete mit Recht von diesem beson= ders in hochkirchlichen Kreisen genährten Bestreben die gänzliche Trennung von Staat und Kirche, ein Ziel, welches freilich von den Extremen beider Seiten bald bewußt bald unbewußt verfolgt wird. Für beide Teile fürchtete er hiervon die verderblichste Wir= kung: für den Staat, weil ihm hierdurch die Notwendigkeit einer sittlich=religiösen Grundrichtung verdunkelt würde, für die Kirche, weil sie hiermit den entgegengesetzten Gefahren einerseits des geisti= gen und korporativen Stillstandes und andererseits der fortschrei= tenden Absplitterung dissentierender Sekten bis zum völligen Zer= fallen ausgesetzt werden müßte.

Es ist im Grunde nur ein Ausfluß des ebenbezeichneten Strebens, wenn die Synoden für sich oder für die aus ihnen gewählten Vorstände eine Beteiligung an der Besetzung der theologischen Lehrstühle auf unseren Universitäten begehren. Denn diese vermeintlich zum Schutz der reinen Lehre geforderte Maßregel, — als ob nämlich die Synodalvorstände zum Urteil über diese Reinheit besonders und für alle Zeit befähigt wären —, müste schließlich zur Ablösung der theologischen Fakultät von der Universität und zu ihrer Ersetzung durch Priesterseminare führen, womit dann ebensowol dem theologischen Scholastizismus als einer schlechthin unevangelischen Unterwürfigkeit unter äußere Satzungen und vergängliche Lehrauslegungen Thor und Thür geöffnet werden würde. Jenes Verlangen ließ sich schon auf der preußischen Provinzialsynode von 1869 hören; allein es wurde auf den Einspruch des Kanzlers und eines theologischen Professors von übrigens anerkannt gläubiger Richtung abgewiesen. Dieselbe Forderung ist seitdem wiederholt erhoben und hat bekanntlich auf der ersten und der zweiten ordentlichen Generalsynode die Mehrheit der Stimmen für sich gewonnen[*]. Auf der vierten preußischen Provinzialsynode von 1884 wurde sie unter Ausdehnung auf die kirchenregimentlichen Ämter gestellt, ist aber auf dieser, der letzten, welcher von Goßler seine Thätigkeit widmen konnte, von ihm und seinen kirchlichen Freunden von der Goltz und Jacoby mit Nachdruck und entscheidendem Erfolge bekämpft und mit großer Mehrheit abgelehnt worden. Mit Recht wiesen diese Redner darauf hin, daß der erforderliche Schutz für die Kirche schon durch die Allerhöchste Verordnung vom 5. Februar 1855 gewährt sei, daß keine preußische Staatsregierung über diese Verordnung hinaus sich jemals an die

---

[*] Anhang Nr. 15.

Gutachten oder gar an den Einspruch der Synodalvorstände binden
werde, daß endlich die beantragte Befugnis den größten Nachteil
für die Kirche selbst in sich berge. Überhaupt ist ja für den
Sachkundigen klar genug und wurde von dem letztgenannten
Synodalmitgliede besonders betont, daß die Laien, eben weil sie
nur äußere und aus ihrer Umgebung gleichsam abgelöste Ein=
drücke erhalten, sehr geneigt seien die Gefährlichkeit einzelner
theologischer Richtungen zu überschätzen. Die theologische Wissen=
schaft hat von je verschiedene Schulen gezählt, welche sachgemäß
gerade auf unseren Universitäten vertreten sind und allezeit ver=
treten sein werden, welche dort ihre Grundsätze nach mehr oder
minder strenger Methode, immer aber im Zusammenhange mit
dem gesammten Wissens= und Forschungsgebiete darlegen und
natürlich ergänzen oder auch bekämpfen. Letzteres nicht gerade
durchweg in versöhnlichem Sinne, aber schließlich, wie keinem der
Geschichte dieser Wissenschaft Kundigen entgeht, mit dem Erfolge,
daß die Irrtümer abfallen und der ewige Kern der Lehre aus
allem Streit reiner, voller und gesicherter hervorgeht. Dieses
glückliche Ergebnis wird aber wesentlich durch den Gesammt=
charakter unserer Universitäten bedingt und gefördert; die Heilung
des Irrtums ergiebt sich nicht immer allein aus der Theologie
heraus, sondern häufig genug durch die Hilfe verwandter Wissen=
schaften. Die Geschichte unserer Kirche lehrt z. B. klar genug,
wie viel die spekulative Philosophie zur Überwindung des Rationa=
lismus beigetragen hat. Wenn aber das theologische Lehramt un=
mittelbar unter dem Einfluß der kirchlichen Vertretungskörper ge=
stellt würde, so müßte es in einer oder der anderen Weise, gleich
oder später, aber unfehlbar den übrigen Wissenschaften entfremdet
werden, und in natürlicher Folge würden dann die theologischen
Kämpfe, in denen methodische Zucht und unbefangener Wahrheits=

sinn bald erlöschen müsten, viel erbitterter ausfallen und mit der Zuthat der Ketzerverdächtigung versetzt werden. Es bedarf beiläufig wol kaum der Bemerkung, daß weder Luther noch Schleiermacher auf unseren Hochschulen geduldet wären, wenn ihre Berufung von dem unmittelbaren Einfluß der kirchlichen Organe abhängig gewesen wäre; und ebenso wenig wird es des Hinweises auf die verderblichen Folgen bedürfen, welche sich bei Erfüllung jenes Anspruchs aus dem nicht nur denkbaren, sondern im Verlauf der Zeit unvermeidlichen Wechsel in der Zusammensetzung und der Sinnesrichtung der synodalen Körperschaften ergeben müsten.

Den außerordentlichen Provinzialsynoden von 1869 folgte der Erlaß der Kirchen-Gemeinde- und Synodalordnung vom 10. September 1873, für deren landesgesetzliche Einführung der Kanzler im Herrenhause zu besonderer Thätigkeit berufen wurde. Daß die neue Verfassung nicht durchgängig das zweckgemäße bot, hier und da auch die Gemeindeorgane zu sehr mit äußeren Bestimmungen belastete, durfte nicht befremden: sie sollte, abgesehen von den Sondereinrichtungen der beiden westlichen Provinzen, die allgemeinen Formen für die gesammte unierte Landeskirche liefern und konnte somit die Spuren eines theoretischen Aufbaus nicht völlig abstreifen. Im wesentlichen traf sie indes das richtige: sie rief die Arbeitswilligen zu lebendiger Teilnahme herbei und schuf hiermit die Möglichkeit, für die Forderungen der Kirche Verständnis und Geneigtheit in weitere Kreise zu tragen. Mit anderen Worten sie wollte auch über die jeweilige Einzelgemeinde hinaus die Gläubigen sammeln und die Schlafenden wecken.

Zur Förderung dieses Zweckes trat am 6. November 1873 eine Anzahl gleichgesinnter Kirchenmänner aus den verschiedenen Gemeinden Königsbergs zunächst zu gemeinschaftlicher Verständi-

gung und auf Grund derselben zur Bildung eines Vereins zusammen, welcher innerhalb seines Wirkungskreises die junge Verfassung im Sinne bekenntnistreuer Union mit lebendigem Inhalt
erfüllen und hierdurch kräftigen wollte*). Weder damals noch
später hat dieser Verein sich die Bekämpfung anderer Richtungen
als Aufgabe gestellt; sein eigentliches Ziel war immer, die Gemeinden um das Wort Gottes zu sammeln und innerhalb der
nunmehr gewährten Verfassung zur Thätigkeit zu mahnen. Gerade
dieser Aufgabe und dem Inhalt der Verfassung entsprach es, daß
der Verein nach zwei Seiten eine Grenze zog, zunächst gegen diejenigen, welche die Offenbarung mit ihren Thatsachen in die
wechselnden Auffassungen menschlicher Verstandeserkenntnis auf-
lösen und verflüchtigen wollten, dann auch gegen die, welche um
angeblicher Reinheit der Lehre willen sich von der Union miß-
trauisch oder gar feindlich abkehrten, um engere gottesdienstliche
Genossenschaften mit einem seltsamen Gemisch von Amtskirchentum
und puritanischer Regierungsform auszustatten.

Der Kanzler bekannte sich von vorn herein mit offener Entschiedenheit zu den Zwecken jenes Vereins und ist demselben bis
zu seinem Heimgange ohne Wanken treu geblieben. Er hatte
sich zur Eröffnung und Leitung der begründenden Versammlung
bereit erklärt; ein augenblickliches heftiges Unwolsein nötigte ihn,
diese Aufgabe einem Freunde zu übertragen, aber sein Name steht
mit dem der anderen Genossen unter der ersten Kundgebung des
Vereins und allezeit hat er sich dieser Genossenschaft und ihrer
Erfolge gefreut**). Diese Erfolge zeigten sich zunächst in den zu-
stimmenden und ermunternden Bescheiden, welche der „Verein von
Freunden der positiven Union in der Provinz Preußen" (denn

*) Anhang Nr. 16 über die Grundsätze dieses Vereins.
**) Anhang Nr. 17.

dies war und blieb seine eigentliche Benennung) auf seine Gesuche um baldige Berufung der Generalsynode von dem Minister Falk und dem Oberkirchenrat am 13. November 1874 erhielt. Noch reicher und wolthätiger offenbarte sich der Einfluß des Vereins in dem friedlichen und gerechten Walten, welches das kirchliche und synodale Leben jener großen Provinz bisher vor anderen ausgezeichnet hat und so Gott will sich auch ferner erhalten wird trotz allen Anfechtungen, denen der Verein neuerdings in so törichter Weise ausgesetzt wird.

Der neuen Verfassung kam zu gute, daß der Kanzler im Herrenhause Berichterstatter über die Vorlage war, welche der Kirchenordnung gesetzliche Wirksamkeit auf dem Gebiete des Staats sichern sollte. Das Abgeordnetenhaus hatte diese gesetzliche Grundlage nur für die eigentliche Gemeindeordnung zugestanden, aus dem äußeren Grunde, weil noch unbekannt sei, welche Änderungen die bevorstehende Generalsynode etwa für die Zusammensetzung der synodalen Vertretungskörper vorschlagen könne; in Wahrheit aber, weil den Abgeordneten an einer reichlicheren Beteiligung der Laien auf den höheren Synodalstufen gelegen war. Die Gründe des Abgeordnetenhauses finden sich in dem Kommissionsbericht des Kanzlers mit großer Klarheit gewürdigt; er selbst war mit der Mehrheit der Kommission der Ansicht, daß die landesgesetzliche Geltung schon jetzt nicht nur für die Gemeindeverfassung sondern auch für die Kreissynodalordnung auszusprechen sei, und er verteidigte diese Ansicht selbst gegen solche Redner, welche damals die Ansprüche des Abgeordnetenhauses billigten, aber in späterem Meinungswechsel sogar die von dem Kanzler eingenommene Stellung für allzu freisinnig hielten. Während der Beratung im Hause erklärte indes der Kanzler mit staatsmännischer Einsicht und in richtiger Würdigung der Sachlage, daß er die Zustimmung

zu den Beschlüssen des Abgeordnetenhauses für unerläßlich halte,
falls hiervon die staatliche Anerkennung der Gemeindeordnung
schlechthin abhienge. Für die Milde und Wärme seiner Empfin=
dung zeugt, daß er seinem Handexemplar des Berichts als Rand=
bemerkung den Spruch beigefügt hat: Den Schwachen im Glauben
nehmet auf und verwirret die Gewissen nicht. — Es ist bekannt,
daß das Herrenhaus sich mit geringer Mehrheit für die Beschlüsse
der Abgeordneten entschied.

So kam im November 1875 die außerordentliche General=
synode, die erste Gesammtvertretung der unierten Landeskirche, mit
der Aufgabe, den Abschluß der Kirchenverfassung herbeizuführen.
Wenn gleich ihr wie selbstverständlich nur gutachtliche Befugniß
zustand, so ließ sich doch bald aus der Tiefe ihrer Erwägungen
wie aus der zu Tage tretenden religiösen Wärme und Erregung
erkennen, welch entscheidendes Gewicht dieses Gutachten haben
werde, ein Gewicht, welches überdies durch den Minister ausdrück=
lich anerkannt wurde*). Demnach haben mit einer Ausnahme,
welche den Anspruch der synodalen Vertretung auf Mitwirkung
bei Besetzung der Laienämter im Kirchenregiment abwies, sämmt=
liche Beschlüsse der Synode später die kirchliche und landesgesetz=
liche Bestätigung erlangt. Daß die Generalsynode den Kampf=
platz für heftigen Widerstreit abgab, dessen trennende und schwächende
Nachwirkung bis heut nicht erloschen ist, dies war einem Fehler
der kirchenregimentlichen Behörden beizumessen**). Wäre die stär=
kere Laienberufung in die Kreis= und Provinzialsynoden, wie sie
das Abgeordnetenhaus verlangte und das Kirchenregiment selbst
später in seine Vorlage an die außerordentliche Generalsynode auf=
nahm, von vorn herein durch die Kirchen=Gemeinde= und Synodal=

---

*) Anhang Nr. 18.
**) Anhang Nr. 19.

Ordnung bestimmt worden, so wäre der Generalsynode die Zu=
mutung erspart geblieben, einer Änderung der jungen Verfassung
zuzustimmen, welche einem Teile der Versammlung gefährlich,
einem anderen sogar gesetzlich unzulässig erschien. Denn der Aller=
höchste Erlaß vom 10. September 1873 hatte freilich von einer
definitiven Ordnung der Gemeindeorgane und der Synoden ge=
sprochen. Gegen beide Bedenken wendete sich der Kanzler mit
Klarheit und Nachdruck*): unter Bezug auf die Provinzialsynoden
von 1869 sprach er die durch die nachfolgende Entwickelung be=
stätigte Zuversicht aus, daß die stärkere Heranziehung der Laien
für die lebensvolle Gestaltung der Evangelischen Kirche heilsam
und gerechtfertigt sei, und er wies aus dem eben erwähnten Er=
lasse selbst nach, daß definitiv nicht gleichbedeutend mit unab=
änderlich sei, daß vielmehr die schon damals in Aussicht ge=
nommene Berufung einer Generalsynode gerade die Möglichkeit
einer Änderung und somit eine Beschränkung jenes Definitivums
in sich schließe**). So stimmte er denn auch für den Antrag des
Oberpräsidenten von Horn (Verh. der außerord. G.=S. S. 509),
welcher jene Erweiterung des Laienelements mit einer schützenden
Bestimmung zuließ und in dieser Form in unsere Kirchenverfassung
übergegangen ist.

Hierauf beschränkte sich aber die Beteiligung des Kanzlers
an den Beratungen der Generalsynode nicht; vielmehr verdankt
der wichtige fünfte Paragraph der Generalsynodalordnung, welcher
die Mitwirkung der Staatsregierung bei Genehmigung eines Kirchen=
gesetzes regelt, seine Fassung einem Antrage von Goßlers***), und
ebenso half er zu § 19 wirksam (Verhand. S. 334), die Ver=

---

*) Anhang Nr. 20.
**) Anhang Nr. 21.
***) Anhang Nr. 22.

tretung der unierten Landeskirche in ihrem Verhältnis zu anderen deutschen Kirchen und kirchenähnlichen Verbänden in der rechtlich allein zulässigen Form festzustellen.

Für die landesgesetzliche Bestätigung der neugeschaffenen Kirchenordnung war es von größtem Belang, daß im Herren=hause, in welchem vornehmlich ein lebhafter Widerstand gegen diese Anerkennung befürchtet und auch wirklich erhoben wurde, der Kanzler Berichterstatter war. Sein umfänglicher Bericht[*]) zeichnet sich, wie von seiner Sachkenntnis und inneren Teilnahme zu erwarten war, durch Klarheit und gewissenhafte Würdigung aller Gesichtspunkte aus; er enthält wertvolle Äußerungen der staatlichen Kommissarien über den rechtlichen Grund und den Um=fang des landesherrlichen Kirchenregiments und wird für unser Kirchenrecht stets von Bedeutung sein. Hierzu kam die Beteili=gung des Kanzlers an der mündlichen Beratung, welche wol als eine leitende bezeichnet werden darf[**]); Grund genug, wie er selbst in einer handschriftlichen Bemerkung hinterlassen, seine Arbeit als eine mühevolle aber erfolgreiche zu bezeichnen. Die Vorlage wurde mit überwiegender Mehrheit angenommen; für den hiermit ge=wonnenen Abschluß des kirchlichen Verfassungswerks bleibt die Kirche und der Staat unserem Kanzler zu dauerndem Danke ver=pflichtet.

Nicht alles war erreicht, dessen die Kirche zu bedürfen glaubte; sie blieb in manchem Bezuge mehr an staatliche Entscheidungen gebunden, als mit ihrer lebendigen Entwickelung verträglich schien, und sie entbehrte schmerzlich der äußeren Mittel, um schwere Schäden auszuheilen. Jene Abhängigkeit war wesentlich die un=verdiente Folge des Mistrauens, welche das staatsfeindliche Vor=

[*]) Anhang Nr. 23.
[**]) Anhang Nr. 24.

gehen der römischen Kirche gegen kirchliche Selbständigkeit über=
haupt erregt hatte; die Armut entsprang aus älteren und neueren
Versäumnissen des Staats, die zwar bei dem bisherigen Mangel
einer selbständigen Kirchenverwaltung leicht zu erklären waren,
deßhalb aber um nichts minder schwer auf unserer Kirche lasteten.
Um von älteren Ansprüchen zu schweigen, welche sich allerdings
nach formellem Recht nicht durchsetzen ließen, so hätte die Staats=
regierung wol die Verpflichtung gehabt, bei Gelegenheit der so
eilig bewirkten Gesetzgebung über die Beurkundung des Personen=
standes und der Eheschließung für den offenkundigen Schaden,
welchen dieselbe dem Pfarreinkommen zufügen muste, durch Über=
weisung einer angemessenen festen Jahresrente einzutreten. Es ist
auch unzweifelhaft, daß die Landesvertretung, welche in ziemlicher
Verblendung von der Civilehe die Schwächung des römisch=
priesterlichen Einflusses hoffte, dieser Bewilligung zugestimmt haben
würde. Hier wie anderswo rächte sich, daß man große staats=
rechtliche Verhältnisse und Grundsätze nach civilrechtlicher Methode
behandelte.

Bei allem dem war nunmehr der evangelischen Kirche fürs
erste so viel Freiheit verliehen, um sie zur Entfaltung ihrer Eigen=
kraft und zu gesteigerter Einwirkung auf das Leben unseres Volks
zu befähigen. Wenn dieser heiß ersehnte Aufschwung nicht in dem
erwarteten Grade und nicht ohne unheilvolle Störungen erfolgte,
so liegt der schon angedeutete Grund dieser Erscheinung in den
vorausgegangenen Kämpfen, welche durch die neue Verfassung
zwar zunächst beschwichtigt, aber nicht innerlich ausgeglichen waren.
Es war nicht anzunehmen, daß Besorgnis und Widerspruch völlig
schweigen werde. Jene sah immer noch mistrauisch auf die ver=
stärkte Zahl der Laien, an welche ein Teil der früheren pastoralen
Amtsbefugnis übergehen sollte, und sie hatte hierzu um so mehr

Anlaß, als der Berliner Radikalismus auch bei dieser Gelegenheit es sich nicht versagen konnte, das Einwurzeln der jungen Schöpfung durch sein rohes Eingreifen zu unterbrechen. Und der Widerspruch suchte sich nur andere Angriffspunkte, da allerdings, abgesehen von den eben erwähnten widerwärtigen Vorgängen, die Vermehrung der Laien in der kirchlichen Vertretung sich als heilsam, ja bei den schwereren Aufgaben als notwendig erwies. Immerhin — das muß noch jetzt mit Kummer bekannt werden — fiel ein böser Meltau auf die frische Blüte. Die packende, weit ausgreifende, umschaffende Macht unserer Kirche ist noch nicht zur Geltung gekommen; vielmehr droht ihr, wenn nicht bald allseitiges und selbstverleugnendes Besinnen über uns kommt, die Gefahr ähnlicher Verkümmerung, wie sie nach den leuchtenden Tagen Luthers und Melanchthons unsere Kirche entnervt und zersplissen hat.

Nicht alle haben sich durch diese Krankheitserscheinungen betrüben und beengen lassen: unser Kanzler hat sich der kirchlichen Entwickelung trotz aller Zwischenfälle aufrichtig gefreut und allezeit sich mit gottvertrauendem Eifer an den Arbeiten beteiligt, zu denen die neue Kirchenordnung ihn vor vielen aufrief. Insbesondere waren es zwei Aufgaben, denen er sich immer wider mit unermüdlicher Sorgfalt zuwendete, der Regelung der Stolgebühren und der Trauordnung. Jener, welche noch jetzt des befriedigenden Abschlusses harrt, hat er seine Einsicht und Thatkraft auf den drei heimischen Provinzialsynoden von 1875, 1878 und 1881 gewidmet und mittelbar seine Bemühung noch auf der vierten Synode von 1884 als Vorsitzender der Kommission für die Pfarrgehalte fortgeführt. Mit besserem Erfolge hat er auf der ersten ordentlichen Generalsynode 1879 die vorgelegte Trauordnung in der Kommission wie in der öffentlichen Sitzung beraten: der wichtige § 14 derselben, welcher das Rekursverfahren bei verweigerter

Trauung regelt, verdankt seine Gestalt einem von dem Kanzler
und dem Grafen von Rothkirch=Trach gemeinsam gestellten An=
trage*).

Bedeutender indes, als die Förderung solcher besonderen Auf=
gaben, war die Erfahrung und der vorwärts strebende Eifer, die
Herzenswärme und widerum die Gelassenheit, mit welcher er an
die kirchliche Arbeit und in die Mitte seiner Freunde trat. Sein
Ansehen wuchs auch bei anders gerichteten mit jeder Synode, seine
friedvolle und zugleich kräftige Zuversicht hat uns oft zur Stär=
kung und Beruhigung gereicht und auf lange hin wird von den
kirchlichen Genossen das Abscheiden eines Mannes beklagt werden,
dessen persönliche Bedeutung den immerhin hohen Wert seiner
einzelnen Leistungen weit überwog.

*) Anhang Nr. 25.

Dieſer perſönliche Einfluß wurde durch ſeine reich entwickelte
Begabung für Freundſchaft und geſelligen Verkehr weſentlich unter=
ſtützt. Er war manigfachen Gebieten des geiſtigen Lebens mit
reger Teilnahme zugewandt, ſo daß das Terenziſche humani nil
alienum im guten Sinne von ihm galt. Der harmoniſchen Aus=
bildung ſeiner Anlagen verdankte er das innere Gleichgewicht und
die heitere Stetigkeit ſeiner Stimmung: ſomit iſt nicht zu ver=
wundern, daß man ſeinem Verlangen nach Gedankenaustauſch gern
entgegenkam und daß er bei ſeiner wahrhaftigen und zugleich
billigen Denkweiſe ſelbſt ſehr verſchiedenartige Naturen dauernd
anzog. Es war nicht nur vornehme Geſinnung, welche das un=
ebene überſieht; es war vielmehr die Güte und das Bedürfnis
eines reichen Gemüts, welches die abweichenden Anſchauungen und
gelegentlichen Schärfen anderer nicht nur trug, ſondern zur Ver=
tiefung der Gemeinſchaft zu verarbeiten wuſte. Die Genoſſen der
Studienzeit und der erſten Amtsjahre, unter denen zunächſt ſein
Schwager, der nachmalige Unterrichtsminiſter Heinrich von Mühler,
und der ſpätere Oberpräſident von Horn hervortraten, ſind ihm
über räumliche und zeitliche Trennung hinaus bis ins Alter treu
geblieben: nach dreißig Jahren ſchreibt einer von ihnen mit unge=
minderter Vertraulichkeit, lediglich um dem Freunde wider freund=

liches zu sagen. Besonders erquicklich ist das Bild seines durch
das junge Eheglück verklärten Lebens in Naumburg, Weißenfels,
Merseburg; in jener Zeit, welche noch nicht durch politische Partei=
sucht zerstreut und verzerrt war, sammelte sich ein Kreis von
Freunden um ideale Zwecke, alle getrieben sich selbst und einander
an den Schöpfungen heimischer und fremder Kunst zu erheben,
alle geneigt und befähigt, was sie eigends gedacht und empfunden,
auch dem Freunde zu gönnen und von ihm bereichert zurückzu=
nehmen. Neben den Werken der großen Dichter war es, wie im
vorigen Abschnitt ausgeführt wurde, besonders die Musik, welche
die Freunde vereinte: eine glückliche Fügung gestattete ihnen die
Meisterwerke unserer großen Tondichter mit lebendigem Verständ=
nis, in künstlerischer Abrundung und zu gegenseitiger Förderung
auszuführen. Auch das schon im väterlichen Hause geübte Schach=
spiel versammelte gelegentlich die Genossen; ohne eigentliche Pflege
der Theorie war von Goßler doch den meisten Empirikern durch
Sicherheit der Berechnung und Raschheit des Angriffs überlegen.

Es würde sich nicht ziemen, hier alle Freunde jener Lebens=
zeit zu nennen; aber neben dem Hause des Oberlandesgerichtsrats
Pinder darf vor allen dessen Schwiegersohn Gustav Krug, später
gleichfalls daselbst Oberlandesgerichtsrat, nicht übergangen werden,
welcher nicht nur durch die Pflege der Kunst sondern auch durch gleich=
artige Auffassung der ernsteren Lebensaufgaben dem Freunde be=
sonders nahe getreten war. Dies auch in der äußeren Lebens=
gestaltung, insofern er in gleich junger und gleich harmonischer
Ehe lebte und beide Frauen sich ebenso rasch und innig zu ein=
ander fanden wie die Männer. Zur Zeichnung dieses bedeutenden
Mannes dient der Zug, daß er alle Aussicht auf Versetzung und
Beförderung abwies, lediglich um das stille und doch bewegte

Glück nicht zu gefährden, welches ihm in Naumburg Amt und Familie, Kunst und Freundschaft boten.

Unser Bild würde lückenhaft sein, wollten wir ein ganz anders geartetes Glied jenes Bundes übergehen. Zwar für das nationale Schrifttum, insbesondere für unsere Dichtungen hatte auch Ludwig von Mühlenfels Sinn und Urteil; allein nach seiner Herkunft und Lebensfügung war er, der ältere, weit mehr auf die teilnehmende Betrachtung der vaterländischen Entwickelung hingewendet*). Aus Schwedisch = Pommern stammend wurde er 1813 von dem allgemeinen Aufschwung ergriffen und hatte den ersten Teil der Freiheitskriege als Lützower Reiter mitgefochten. Seine mehrfache schwere Verwundung in dem schmählichen Überfall bei Kitzen hatte ihn nicht gehindert, sich aus der nachfolgenden Gefangenschaft zu befreien und, auf Umwegen zu dem Nordheer entkommen, in der Schlacht bei Dennewitz mit anerkannter Tapferkeit und Erfolg mitzukämpfen. Nach dem Frieden als Substitut des Staatsprokurators in Köln beschäftigt und 1817 daselbst fest angestellt, war er in die erste Demagogenuntersuchung hineingezogen, ohne sein Verschulden, wie später anerkannt wurde, aber durch Rechtsverweigerung zeitweilig ins Ausland getrieben. Seine Herkunft und seine verwandtschaftlichen Beziehungen hatten ihn zuerst nach Schweden geführt; von 1828—1830 war er Professor der deutschen und der nordischen Litteratur an der neugegründeten Universität in London. Nachdem indes über ihn in Preußen 1830 ein zwar spätes aber völlig freisprechendes Erkenntnis gefällt war, hielt es ihn nicht in der Fremde und er erlangte, wenn auch nicht ohne gehässige Erschwerung durch seine Widersacher, die Wideranstellung im preußischen Justizdienst, welche ihm auf sein Ansuchen sofort

---

*) Anhang Nr. 26.

von der Gerechtigkeit des Königs zugesichert worden war. Seine
Natur war keineswegs zur Schmiegsamkeit geneigt; um so bedeut=
samer ist für unsere Darstellung, daß er sich mit voller Hingabe
dem weit jüngeren Freunde anschloß und dessen Vertrauen auch
in schwierigen Verwickelungen beanspruchte. Noch 1847 erbat er
von dem schon nach Potsdam übersiedelten Freunde die Patenschaft
für seine jüngst geborene Tochter; die zusagende Antwort Goßlers
zeugt von der ungeminderten Wärme ihrer gegenseitigen Zu=
neigung.

In Potsdam wurde das Leben neben der Kunst auch von
ernsteren Erscheinungen durchzogen. Mit dem Beginn des fünften
Jahrzehnts kündigten sich neue Entwickelungen unseres Volkstums
an; ohne Befriedigung auf kirchlichem wie auf staatlichem Gebiete
war das Erkennen und Wollen zwar heftig bewegt, aber unklar
und unstet und eben deshalb Besorgnis erweckend. Gegen das
Andringen eines von oben begünstigten Hochkirchentums trat in
der Provinz Sachsen der lichtfreundliche Rationalismus zu lärmen=
dem Kampf zusammen, unfähig die eigene Schwäche und das
religiöse Bedürfnis anderer zu erkennen und eben deshalb nicht
geneigt die bisherige Herrschaft über Kanzel und Lehrstuhl aufzu=
geben. Anders in den hauptstädtischen Kreisen, welche zwar auch
nach christlicher Freiheit rangen, aber aus der Lehre Schleiermachers
und Nitzschs einen reicheren Inhalt und ein tieferes Sehnen mit=
genommen hatten. Diese Richtung wurde in Potsdam durch den
Prediger Eltester in evangelischem Geist und mit evangelischer
Wärme, zugleich mit vollem Bewußtsein seiner Pflichten gegen die
Kirche und gegen das eigne Gewissen vertreten; sein Wort und
seine Persönlichkeit fanden bei Goßler, dem Schüler Schleier=
machers, und in seiner Familie volles Verständnis und warme
Anhänglichkeit.

7

In solcher Gestalt muste die religiöse Bewegung freilich wol=
thätig und befruchtend auf die Herzen wirken; schlimmer stand es
auf staatlichem Gebiete, für welches die von oben mit halbem
Sinn gebotenen Gaben nicht Befriedigung sondern Mismut und
Begehrlichkeit schufen. Dies war um so bedenklicher, als die wach=
sende Unzufriedenheit zwar das Vertrauen in die Staatsregierung
erschütterte, aber ein festes und sicher erkennbares Ziel, welches die
staatserhaltenden Kräfte zu bewustem und einmütigem Streben
sammeln konnte, aus dieser allgemeinen Gährung nicht auftauchte.
So erklärt sich, daß gerade die aufrichtigen Anhänger der Monarchie
um so ernster besorgt wurden, je näher sie den leitenden Mächten
standen. Zu diesen gehörte an hervorragender Stelle der geheime
Kabinetsrat Illaire, ein neben seiner reichen Bildung durch Wärme
des Herzens und Klarheit des Blicks ausgezeichneter Mann und
hiernach zu ernster Betrachtung der schwankenden Maßnahmen be=
sonders befähigt. Mit ihm trat G. von Goßler in das Verhält=
nis inniger Freundschaft, welche neben sonstiger Gemeinsamkeit
auch durch die Übereinstimmung der religiösen Überzeugung genährt
wurde und welche, ähnlich wie früher in Naumburg, ihren festen
Kitt in der gegenseitigen Neigung beider Frauen fand. In diesem
Verkehr, der auch hier durch Kunst und Litteratur belebt wurde,
ließ sich die sturmbewegte Zeit trotz der drohenden Nähe der Ber=
liner Vorgänge eher überwinden. Auch spätere Briefe bezeugen
die gleiche Auffassung der staatlichen Entwickelung und bekunden,
wie tiefgehend und erquicklich für beide Teile der Gedankenaus=
tausch, wie schmerzlich die Lücke war, welche durch die Versetzung
Goßlers nach dem fernen Norden geschaffen wurde.

In Königsberg erhielt die angeborene Neigung v. Goßlers
zu edler Geselligkeit durch seine Stellung, durch die Bedeutung
der Stadt und durch die Manigfaltigkeit ihres geistigen Lebens,

endlich durch den gastfreien Sinn, welcher die Bewohner unserer
Ostmarken in eigentümlicher Weise auszeichnet, besondere Nahrung.
Durch die schon erwähnte Wahl zum Vorsteher des Kunstvereins
und durch seine wenn gleich hier in minderer Ausdehnung fort=
gesetzten musikalischen Studien sah G. von Goßler sich bald in
den Mittelpunkt der dortigen künstlerischen Bestrebungen gestellt;
welche Tiefe und welchen Einfluß dieselben besaßen, ist früher ge=
schildert. Nachdem er dazu in Insterburg und später in Königs=
berg an die Spitze eines großen Rechtsgebiets getreten und über=
dies mit dem in dem preußischen Richterstande einzigen Amte des
Kanzlers beliehen war, verstand sich der belebende Einfluß, welchen
er fortan auf weitere Kreise ausüben sollte, bei seiner Geistesart
und bei der glücklichen Harmonie seiner Häuslichkeit von selbst.
Die durch sein Amt geschaffene Steigerung seiner geselligen Auf=
gabe erkannte er nicht als eine Last sondern als einen Schmuck:
das bin ich dem Kanzler schuldig, pflegte er wol mit innerer Be=
friedigung zu sagen. Dazu kam, daß die Stadt allezeit über ihre
Größe hinaus ein reiches und selbständiges Leben entfaltet hat.
Sitz der höchsten Behörden für die größte Provinz des Staates,
Standort eines Korps, dessen Regimenter die ruhmreichen Anfänge
des preußischen Heeres in sich bergen und schon seit den Türken=
kriegen, mehr noch seit den Tagen Yorks von besonderem Stolze
erfüllt sind, Mittelpunkt eines stetig wachsenden See= und Land=
handels, endlich im Besitz einer Universität, welche, eine unmittel=
bare Frucht der Reformation, für die Provinz das wissenschaft=
liche Leben schlechthin bedeutet, seit Kant und Bessel aber eines
weithinleuchtenden Glanzes genoß, dazu alle diese Lebensmächte
in lebendiger Berührung und trotz sonstiger Spaltungen leicht und
in gegenseitiger Anerkennung mit einander verkehrend —, wie sollte
sich nicht solchen Anregungen die empfängliche Natur des Kanzlers

7*

gern geöffnet haben, zumal er hiermit der Neigung und Gewohn=
heit der dortigen Bevölkerung gerade entsprach? Denn die Sinnes=
art des Ostpreußen ist zwar spröde und oft herbe; er trägt noch
die Züge des erobernden Kolonisten und ist stolz auf die Geschichte
seiner Provinz und auf ihre Bedeutung für das preußische König=
tum, stolz selbst auf ihre schweren Leiden, dazu in dem Trotz seiner
früheren Abgeschiedenheit, zum Teil auch unter der Nachwirkung
Kants zu kritischer Betrachtung und zum Widerspruch geneigt,
auch empfindlich gegen raschen Tadel der Einwandernden. Hiermit
streitet aber nicht, daß sein warmes Gemüt sich aufrichtiger Freund=
lichkeit und mehr noch wirklicher Zuneigung willig erschließt: ob=
schon von starkem Selbstgefühl schenkt er doch den Ankömmlingen,
welche im Amt und auf dem Lehrstuhl ihrer Aufgabe unbefangen
und gewissenhaft warten, Zutrauen und dauernde Anhänglichkeit,
am liebsten dann, wenn er auf deren Treue gegen die Provinz
rechnen darf. Vornehmlich ist er — auch dieses ein Charakterzug
des Kolonisten — zu gastfreier Aufnahme und freundlichem Ver=
kehr gern bereit ebensowol in der Provinz als in Königsberg,
welches mehr als anderswo den Heerd und die Sammelstätte für
das provinzielle Leben abgiebt.

Diese provinzielle Eigenart hat von Goßler bald verstanden
und gewürdigt, zumal ihn sein Amt und seine kirchliche Thätig=
keit mit den bedeutendsten Lebenskreisen Ostpreußens in Beziehung
setzte. Dazu kam, daß sein freundliches Wesen bei aller Wahrung
der eigenen Würde persönlichen Streit oder gar Entzweiung nicht
aufkommen ließ, sondern jede Mishelligkeit entweder rasch aus=
glättete oder vornehm übersah. Erwägen wir endlich die beson=
dere Gunst, daß er bei seiner Übersiedelung dorthin in dem Ober=
präsidenten Eichmann einem früheren Gönner begegnete, für welchen
er bald aufrichtige Hochachtung und warme Zuneigung faßte, und

daß er in deſſen Nachfolger, Herrn von Horn, ſeinen bewährten
Jugendfreund wiederfand, ſo iſt leicht erklärt, daß ſein Verhalten
zu der Geſellſchaft Oſtpreußens diejenige Wärme gewann, welche
als die Folge gegenſeitiger Anerkennung und gemeinſamen Um=
gangsbedürfniſſes anzuſehen iſt.

Dies gab ſich ſowol in ſeiner häuslichen Geſelligkeit als
wiederholt bei öffentlichen Anläſſen kund. Iſt es die beſte Frucht
der Geſellſchaft, daß jeder Gaſt ſich zum Mitteilen und Empfangen
gleich angeregt, ſich anderen genähert und doch ſeine eigene Natur
gefeſtigt fühlt, ſo durfte man eben dieſe Frucht aus den Kreiſen
mitnehmen, zu welchen ſich das Goßlerſche Haus öffnete. Ohne
ſich zu verleugnen ließ der Wirt jeden zur Geltung kommen und
liebte es, den Gaſt zur Entfaltung ſeiner Eigenart anzuregen; wie
wertvoll in einer Zeit, welche eher beſtrebt iſt, die geiſtigen Be=
ſonderheiten überall, auch in der Geſellſchaft, zu verwiſchen und
zu einem anſtoßfreien Mittelmaß auszugleichen! In engſtem Ver=
kehr, namentlich aber im Zwiegeſpräch ſcheute ſich der Kanzler
keineswegs, die tiefſten Fragen des Menſchenlebens zu erörtern;
ihn verlangte dann wirklich, in ihrer Löſung weiter zu kommen.

Als weitere Probe ſeiner geſelligen Anlagen ſind die manig=
fachen Reden und Trinkſprüche zu erwähnen, durch welche er in
weiteren Kreiſen, namentlich bei Feſten von vaterländiſcher Be=
deutung ſeine und ſeiner Zuhörer Empfindungen zu glücklichem
Ausdruck brachte. In beſonders ergreifender und erhebender Weiſe
geſchah dies am 22. März 1871, als er das Offizierkorps des
Königsberger Gardelandwehrbataillons, der erſten aus dem großen
Kriege heimkehrenden Truppe, beim Feſtmahl in unvorbereiteter
Rede begrüßte.

Verwandter Art iſt, daß er noch in ſpäteren Jahren die Fa=
milien des Königsberger Richter= und Beamtenſtandes zu geſelliger

Vereinigung anregte und die hieraus erwachsenden Tanzkränzchen mit persönlicher Teilnahme begleitete. Das Bild der fröhlichen Jugend erfüllte ihn mit aufrichtiger Freude, und wenn er dieser Empfindung zum Schluß des Winters in freundlichen und beredten Worten bei Tafel Ausdruck verlieh, so konnte er aus dem Gegengruße und den heiteren Gesichtern der Festversammlung leicht entnehmen, daß ihm neben der schuldigen Ehrerbietung auch herzliche und dankbare Anhänglichkeit lohnte. In Wahrheit, nach allen Mühen des Lebens, nach großen Erfolgen und schweren Prüfungen hatte er sein Herz jung erhalten; es schien, daß mit den Jahren sein Gefühl nicht abstarb noch zurückwich, sondern weicher, reger, tiefer wurde, daß das Verlangen Liebe zu geben und zu empfangen in ihm stetig wuchs. Die herzliche Offenheit, mit welcher er in der Familie eines spät gewordenen Freundes verkehrte, wurde von derselben als eine wahre Erquickung empfunden und wird allezeit in dankbarem Gedächtnis gehegt werden.

Sein Gemüt blieb jung, sein Geist frisch und auch sein Körper schien nach der jährlichen Sommererholung noch lange Jahre gleichen Wirkens zu versprechen. Allein ein lange getragenes und beschwichtigtes Leiden brach plötzlich mit großer Heftigkeit hervor und zerschnitt im Verein mit rasch zunehmender Herzensschwäche nach Tagen voll Qual, aber auch voll wahrer Erhebung ein Leben, welches für Amt und Haus, für nahe und ferne Freunde noch reiche Frucht und Freude versprach; er schied in der Frühe des 12. Mai 1885. In seinen letzten Stunden entfaltete sich mit der rührendsten Liebe zu seinen Kindern eine Reinheit der Empfindung und eine Klarheit des religiösen Schauens, wie sie nur dem geläuterten Gemüte eines Christen entstammt, welcher die Gewißheit seines Heils in der persönlichen Liebe zu seinem Erlöser gewonnen hat. Ein Trauergefolge von einer Größe und Bewegung, wie Königsberg noch nicht gesehen, begleitete ihn zur letzten Ruhestatt. Die Zahl und der Ton der Briefe, welche bei seinem Tode von den höchsten Stellen und aus den weitesten Kreisen eingiengen und die Teilnahme der Absender stets in warmer, oft in ergreifender Weise aussprachen, bieten den leuchtenden Beweis, welcher Achtung der Verewigte bei den erlauchten Gliedern unsers Kaiserhauses genoß, welche Verehrung und Liebe er seinen Zeitgenossen abgewonnen hat*). So verstummt die Klage über seinen Heimgang vor der Erwägung, welch ein reiches und friedevolles Leben ihm selbst, welch freundliches und erweckendes Bild uns in ihm von Gott geschenkt worden ist.

*) Anhang Nr. 27.

Anhang.

1. Zu Seite 10. Vergleiche Schmollers Jahrbuch für Ge=
setzgebung, Verwaltung und Volkswirtschaft im Deutschen Reich,
Jahrg. X, 1886 Heft 1, Die politische Verwaltung des Herzog=
tums Magdeburg in den ersten hundert Jahren der preußischen
Herrschaft von G. Schmoller, S. 38: „Der Stammvater der heu=
tigen Goßlerschen Familie hatte sich als hervorragender Kaufmann
und Industrieller so um Magdeburg verdient gemacht, war von
der Kammer wie vom Könige selbst in allen wichtigen Fragen
der Handelspolitik als maßgebende Autorität um Rath gefragt
worden, daß es nur der Sache entsprach, wenn er 1756 zum
Kriegs= und Domänenrath cum sessione et voto, wenn bei den
Kammersessionen Kommerz= und Zollsachen vorkommen, ernannt
wurde."

2. Zu Seite 12. Vgl. Ad. Stölzel Carl Gottlieb Svarez,
Berlin, 1885 S. 279: „In diesem Sinne eröffnete — vermuth=
lich auf Svarez' Anrathen — während des Winters 1791
(Christoph) Goßler die ersten Vorlesungen über das Gesetzbuch
und zwar für Laien. Sie fanden in einem Saale des Palais
des Prinzen Heinrich zu Berlin, also im jetzigen Universitäts=
gebäude statt. Gleichzeitig las Goßlers Bruder über denselben
Gegenstand in Königsberg, wo er Tribunalrath war. Der Grund=

riß zu den in Berlin gehaltenen Vorlesungen erschien noch 1791 im Drucke. Das Jahr darauf folgte Goßlers Handbuch gemein= nütziger Wahrheiten zum Gebrauche bei Vorlesungen über das Allgemeine Gesetzbuch." Christoph Goßler, 1752 zu Magdeburg geboren und 1787 daselbst zum Kriegs= und Domänenrat ernannt (Schmoller a. a. O.), war Amtsgenosse und genauer Freund von Svarez, welchen er in den Juridischen Miscellen Heft 1 geschil= dert hat; er wurde 1798 von der juristischen Fakultät der Uni= versität Halle zum Doctor juris honoris caussa ernannt. Die= selbe Ehre war gleichzeitig Svarez zugedacht, der indes kurz zuvor starb. Vgl. Stölzel a. a. O. S. 45. 62, insbesondere 172 u. 176.

3. Zu Seite 18. Über die Entstehung und Bedeutung des Kanzleramts, sowie über die Art, in welcher von Goßler dieser Würde gerecht zu werden verstand, vergleiche Abschnitt 4 dieser Schrift und Anhang Nr. 6. Hier möge nur die Allerhöchste Verleihungsurkunde und die über den Antritt des Amts aufge= nommene Verhandlung ihre Stelle finden.

A.   **Wir Wilhelm**

von Gottes Gnaden

König von Preußen u. s. w.

Thun kund und fügen hiermit zu wissen, daß Wir das erledigte Ehren=Amt eines Kanzlers in Unserem Erb=Königreich Preußen Unserem Ersten Präsidenten des Ostpreußischen Tribunals zu Königs= berg in Preußen Dr. von Goßler in Betracht seiner Uns ange= rühmten Geschicklichkeit, erlangten Erfahrung und Uns bisher ge= leisteten treuen und ersprießlichen Dienste, auch wegen seiner bei allen Gelegenheiten bewiesenen Ergebenheit gegen Uns und Unser Königliches Haus verliehen und ihn zum Kanzler Unseres Erb= Königreichs Preußen in Gnaden ernannt, bestellt und angenommen haben.

Wir thun auch solches hiermit und kraft dieses dergestalt und
also, daß Uns derselbe, wie bisher, getreu, gehorsam und gewärtig
sein; Unseren Nutzen und höchstes Interesse suchen und nach allem
seinem Vermögen befördern; Schaden und Nachtheil aber, so viel
an ihm ist, warnen, verhüten und abwenden helfen; insbesondere
die von Uns ihm verliehene Kanzler=Würde Unserer Intention ge=
mäß gebührend wahrnehmen; wenn Wir seinen Rath erfordern,
Uns solchen jederzeit mit aller Treue und Gewissenhaftigkeit er=
öffnen, dabei Unsere und Unseres Königlichen Hauses, als des
Königreichs Preußen einzigen und wahren Erbherrn, Oberhoheit,
Würde, Glanz, Wachsthum und Interesse, wie nicht weniger das
Aufnehmen und die Wohlfahrt Unserer Königlichen Länder und
Unterthanen zum unverbrüchlichen Augenmerk haben und, so viel
an ihm, zu befördern suchen; was ihm in Haus= und Hoheits=
sachen aufgetragen wird, willig befolgen; bei Feierlichkeiten seine
Amtsobliegenheiten treulich erfüllen; was zum Glanz und zur
Pracht Unseres Königlichen Hauses beitragen kann, sich empfohlen
sein lassen; Alles, was dem zuwider oder gegen Unsere Königliche
Würde und höchsten Respect bisher etwa geschehen sein möchte,
sorgfältig abstellen; was er von Unseren oder Unseres Königlichen
Hauses geheimen Angelegenheiten in Erfahrung bringen möchte,
Niemandem, dem es zu wissen nicht gebührt, offenbaren, sondern
unverbrüchlich verschwiegen halten; und auch sonst in allem seinem
Thun und Lassen sich dergestalt erweisen und betragen soll, wie
es einem getreuen Kanzler Unseres Erb=Königreichs Preußen wohl
ansteht, eignet und gebührt und Unser allergnädigstes Vertrauen
deshalb zu ihm gerichtet ist.

Dahingegen und für solche seine, Uns zu leistenden Dienste
soll Er, Unser Kanzler des Königreichs Preußen von Goßler, sich,
nebst dem Excellenz=Prädikat, des Ranges mit dem Ober=Burggrafen

und dem Ober=Marschall des Königreichs Preußen nach der
Anciennetät, sowie des überhaupt mit seiner Charge verknüpften
Ranges, Prärogative und Gerechtigkeiten zu erfreuen haben, auch
bei dieser Bestallung, so oft es dessen bedarf, Königlich geschützt
werden.

Des zu Urkund haben wir diese Bestallung Höchsteigenhändig
vollzogen und mit Unserem Königlichen Insiegel bedrucken lassen.

So geschehen und gegeben zu Königsberg den dreizehnten Tag
des Monats September nach Christi Unseres HErrn Geburt im
Eintausend achthundert und neun und sechzigsten Jahre.

L. S.   [gez.] Wilhelm.

         [ggez.] Graf von Redern.

Bestallung
für den Ersten Präsidenten des Ostpreußischen
Tribunals zu Königsberg in Preußen
Dr. von Goßler
als Kanzler im Königreich Preußen.

B. Nachstehende Verhandlung

      Königsberg, den 15. September 1869.

Seine Majestät der König hatten zugleich mit Ihren
Königlichen Hoheiten dem Kronprinzen und der Kronprinzessin, den Prinzen Carl, Albrecht, Albrecht Sohn aus Anlaß
der Königs=Revue während der Zeit vom 12ten bis 16ten September er. in Königsberg Residenz genommen. Am 13. September Abends während des von der Provinz Seiner Majestät
in den Logengärten dargebrachten Gartenfestes geruhten Aller-
höchstdieselben unter huldvoller Darreichung der Hand den Chefpräsidenten des Ostpreußischen Tribunals, Herrn Dr. von Goßler
mit den Worten anzureden:

„Ich habe Sie zum Kanzler mit dem Prädikat Excellenz ernannt; es wird Ihnen Freude machen, Ich habe Ihr Patent heute vollzogen."

Diese Allerhöchste Auszeichnung fand überall, insbesondere bei den Justizbeamten der Stadt und des Departements den freudigsten Anklang.

Nachdem am heutigen Morgen bereits sämmtliche hiesige Rechtsanwälte unter Führung des Justizraths Stolterfoth als Vorsitzenden des Ehrenraths, die sämmtlichen Mitglieder des Kreisgerichts unter Führung des Kreisgerichts-Direktors Goebel, auch Tags vorher der Stadtgerichts-Präsident Eltester und der Kommerz- und Admiralitäts-Direktor Walter Namens ihrer Collegien ihre Glückwünsche dargebracht hatten, gestattete Seine Excellenz der Herr Kanzler, nachdem Derselbe von dem Vice-Präsidenten in die Plenar-Sitzung des Collegii geleitet war, den Glückwunsch anzunehmen, den der Vicepräsident im Auftrage des Collegii und im eigenen Namen in nachstehenden Worten auszusprechen die Ehre hatte:

„Seine Majestät der König haben Allergnädigst geruht, Eurer Excellenz eines der höchsten Kron-Aemter dieses alten preußischen Stammlandes zu verleihen. Im Namen des Collegii und im eigenen Namen erlaube ich mir feierlich den ebenso ehrerbietigen als herzlichsten und innigsten Glückwunsch zu dieser Allerhöchsten Auszeichnung auszusprechen.

Das Collegium erblickt darin die von Seiner Majestät ausgesprochene verdiente Anerkennung Ihrer langjährigen pflicht-getreuen Dienstführung, eine gerechte Würdigung Ihrer Verdienste um den Staat im Allgemeinen, insbesondere der hervorragenden Verdienste um die Justizverwaltung — und zwar nicht bloß des Königsberger Departements, sondern von ganz Ostpreußen.

Das Collegium ist aber auch stolz darauf, an seiner Spitze einen Mann zu erblicken, dem so eben durch Verleihung eines der höchsten Kron-Aemter ein glänzender Beweis der Allerhöchsten Gnade zu Theil geworden ist.

Ich habe jetzt nur noch einen Wunsch aus der Tiefe meines Herzens auszusprechen: Gott der Herr, an dessen Segen Alles gelegen, und ohne dessen Gnade und Hülfe nichts Irdisches von Bestand ist, hat Sie bisher sichtbar in seinen Schutz genommen. Möge Seine Obhut Ihnen und Ihrem Hause auch ferner zu Theil werden und wolle Gott der Herr zulassen, daß Sie noch lange Jahre in frischer Geistes- und Körperkraft Ihrem wichtigen Amte zum Segen der Justizverwaltung und zur hohen Freude des alten Ostpreußischen Tribunals vorstehen.

Gott schütze und erhalte Sie, wie bisher, so zu den fernsten Zeiten!"

Seine Excellenz erwiderte diesen Glückwunsch durch folgende Ansprache:

"Hochverehrter Herr Präsident,
Hochverehrte Herren Collegen!

Mit lebhaftem Danke empfange ich den Ausdruck Ihrer Theilnahme zu der mir von des Königs Majestät verliehenen Auszeichnung. Dieselbe gilt, ich bin mir dessen wohl bewußt, viel mehr meinem Amte als meiner Person, aber um so mehr empfinde ich von Neuem das Glück und die Ehre, durch die Gnade Seiner Majestät an die Spitze dieses hohen

Gerichtshofs gestellt zu sein, dessen Geschichte als des zweitältesten der Monarchie mit der Geschichte derselben und unserer Provinz in so enger Verbindung steht. Am 9ten October 1857 haben wir in diesem Saale die zweihundert=jährige Gründung des Königlich Ostpreußischen Tribunals ge=feiert, nachdem demselben durch Allerhöchste Ordre des hoch=seligen Königs Friedrich Wilhelm IV. sein alter histo=rischer Name wieder zurückgegeben war und stets wird uns und Denen, welche auf uns folgen, die Erinnerung eine ge=weihte bleiben, daß am 9. October 1657 der große Kurfürst im Ausflusse Seiner über das herzogliche Preußen erlangten Souverainität in diesem Schlosse das damalige Ober=Appella=tions=Gericht, dessen Erben wir sind, feierlichst selbst inaugu=rirt hat und daß durch das Landrecht von 1721 dem Tribu=nal auf immerwährende Zeiten der Justiz=Thron „als Sym=bol der Königlichen Souverainität auch in Justizsachen" mit dem Thronsessel, auf dem die ersten beiden Könige den Sitzungen des Ober=Apellationsgerichts angewohnt haben, so wie der Marmortisch, von dem König Friedrich I. am 18. Januar 1701 die Königliche Krone aufnahm und der bei der Krönung des jetzt regierenden Königs Majestät am 18. October 1861 gleichfalls die Kron=Insignien getragen, verliehen sind. Noch heute habe ich unerwartet das Glück gehabt, Seine Königliche Hoheit den Kronprinzen in diesen auf meine Veranlassung völlig restaurirten Saal zu geleiten und vor den Bildern Seiner Ahnen an jene geschichtlichen Momente erinnern zu dürfen.

An der Spitze des Tribunals haben stets die Kanzler des Königreichs Preußen gestanden mit dem Range und

Prädikate der wirklichen Geheimen Räthe, wie solches das Landrecht von 1721 ausdrücklich verbürgt, und daß nun auch mir durch die Gnade Seiner Majestät so früh diese Würde zu Theil geworden und mir, vielleicht dem ersten durch Geburt der Provinz nicht angehörenden Kanzler vergönnt ist, den alten historischen Faden fortzuführen, gereicht nicht allein mir zur Ehre und Freude, sondern gewährt auch dem Tribunal und dessen Departement die altgewohnte Spitze wieder. Durch diese Würde zugleich berufen, künftig an der Vertretung und Gesetzgebung des Landes im Herrenhause theilzunehmen, werde ich doch auch ferner bemüht sein, meine Kräfte vorzugsweise meinem mir sehr theuren Präsidial-Amte zu widmen. Vor Allem ist mir hierzu die Gnade und der Segen Gottes nöthig, wie Sie, mein hochverehrter Herr Präsident, so völlig aus meinem Herzen heraus hervorgehoben haben, demnächst aber Ihre stete Sympathie, Ihr collegialisches Wohlwollen und Ihre freundliche Ergebenheit, meine hochverehrten Herren Collegen, auf welche ich so hohen Werth lege, auf welche ich mich stützen muß und um deren Fortdauer ich bitte, jedem Einzelnen von Ihnen für die mannigfach mir zu Theil gewordenen Beweise derselben innigst dankend."

Zu Urkund dieses für den Herrn Chef=Präsidenten, welcher noch an demselben Tage zur engeren Tafel Seiner Majestät befohlen wurde, sowie für das Collegium des Ostpreußischen Tribunals denkwürdigen Ereignisses ist die gegenwärtige Verhandlung aufgenommen.

(gez.) von Stockhausen,

Vice=Präsident des Ostpreußischen Tribunals.

wird hierdurch

für Seine Excellenz den Kanzler des Königreichs Preußen,

Chefpräsidenten des Königlichen Ostpreußischen Tribunals,

Ritter hoher Orden,

Herrn Dr. von Goßler

ausgefertigt unter Siegel und Unterschrift.

Königsberg den 27. September 1869.

(L. S.)   Königlich Ostpreußisches Tribunal.

(gez.) von Stockhausen.

4. Zu Seite 18. Das Diplom über die Ernennung des Präsidenten von Goßler zum Doctor juris lautet:

Quod Deus Optimus Maximus felix faustumque esse jubeat.

Auspiciis sapientissimis et felicissimis

Augustissimi Serenissimi ac Potentissimi Principis ac Domini

Guilielmi

Regis Borussiae

Marchionis Brandenburgici Supremi Silesiae Ducis cet.

Regis et Domini nostri longe Clementissimi

Rectore Academiae Albertinae Magnificentissimo

Friderico Guilielmo

Herede Monarchiae

Prorectore Academiae Magnifico

Carolo Rosenkranz

Philosophiae Doct. et Prof. P. O. Theologiae Doctore, Regis a consiliis intimis, Aquilae rubrae equite,

ordinem Jurisconsultorum

Viro perillustri consultissimo doctissimo

Carolo Gustavo de Gossler

Borussiae orientalis tribunalis praesidi alteri regio ordinis

8

rubrae aquilae classis III cum taenia equiti ordinis S. Johannis
equiti honorario

  muneribus gravissimis in jure dicundo gestis meritissimo
in sollemnibus ob dedicationem novarum aedium Albertinarum
   celebratis

Juris utriusque Doctoris

Dignitatem Honores Privilegia

Honoris causa

Contulisse ac solemni hoc diplomate confirmasse

testor

Carolus de Kaltenborn

Juris utriusque Doct. et Prof. P. O. hoc tempore Decanus.
In Academia Albertina die XXI. mens. Jul. a. d. MDCCCLXII.

  5. Zu Seite 19. Von den zahlreichen Glückwünschen, welche
der Kanzler zu seinem Ehrentage erhielt, mögen das Allergnädigste
Handschreiben J. M. der Kaiserin, die Telegramme S. K. und
K. H. des Kronprinzen und des Großherzogs von Mecklenburg=
Schwerin, und die Schreiben der nächstbeteiligten Minister Fried=
berg und von Puttkamer hier eine Stelle finden.

  „Es gereicht Mir zur besonderen Freude Ihnen Glück zu
wünschen an einem Lebens=Abschnitt, der Ihre treuen Dienste zur
vollen Anerkennung bringt, und zur Dankbarkeit gegen Gott reiche
Veranlassung giebt. Es hat Mich gefreut, Sie im vorigen Herbst
in voller Thätigkeit auf dem Gebiete der Nächstenliebe zu sehen
und Sie durch Dieselbe belohnt zu wissen.

  Berlin, den 11. April 1880.   Augusta.

  „Ich sende Ihnen zu dem Tage, an welchem Sie eine ehren=
volle und erfolgreiche Amtsthätigkeit vollenden, meinen Gruß und
aufrichtigen Glückwunsch.

Friedrich Wilhelm, Kronprinz."

„Zu Ihrem heutigen Ehrentage erlaubt sich ein alter Be=
kannter, dem der Jubilar sich stets freundlich erwiesen, seine herz=
lichen Glückwünsche zu senden.

Großherzog
von Mecklenburg=Schwerin."

„Berlin, den 5. April 1880.

Ew. Excellenz feiern am 13. dieses Monats die Erinnerung
an den Tag, an welchem Sie vor fünfzig Jahren in den Staats=
dienst eingetreten sind. Träger eines Namens, welcher der Ge=
schichte des preußischen Rechts rühmlichst angehört, ist es Ihnen
vergönnt gewesen, die durch einen solchen Besitz auferlegte Pflicht
in einer reich gesegneten Wirksamkeit auf dem Gebiete der Rechts=
pflege mit immer neuen Erfolgen einzulösen. Früh schon wurden
Sie, aus der Reihe Ihrer Altersgenossen hervortretend, zu leiten=
den Stellungen berufen, um, solchergestalt vorbereitet, im Jahre
1855 in jene hohen Aemter einzutreten, welche Sie seitdem fünf
und zwanzig Jahre hindurch in der Provinz Preußen ruhmvoll
bekleidet haben. Die neue Organisation der Gerichte, zu deren
Vorbereitung und Ausführung in der Provinz Sie an leitender
Stelle berufen waren, bot Ihnen willkommene Gelegenheit, den
reichen Schatz Ihrer Erfahrungen nicht bloß im besonderen In=
teresse der Justiz und ihrer Beamten, sondern auch im gemein=
samen Interesse der Provinz Preußen und ihrer Bewohner zu
verwerthen, und Ihrem hingebenden Eifer werden diese Landes=
theile das Gelingen des großen Reformwerkes, auf das wir mit
Zuversicht hoffen, an erster Stelle beimessen dürfen.

Seine Majestät der Kaiser und König haben in huldvoller
Anerkennung der Verdienste, auf welche Ew. Excellenz an Ihrem
Ehrentage mit gerechter Genugthuung zurückblicken dürfen, Ihnen das

8*

Kreuz und den Stern der Komthure des Königlichen Hausordens von Hohenzollern zu verleihen geruht.

Indem ich bitte, Ihnen meinen aufrichtigen Glückwunsch zu diesem erneuerten Beweis Allerhöchster Huld aussprechen zu dürfen, verbinde ich damit den Ausdruck der Hoffnung, daß es Ihnen vergönnt sein möge, noch lange Jahre des hohen Amtes, in welchem Sie Ihren Jubiläumstag begehen, in ungeschwächter Frische zum Besten unserer Rechtspflege und so zum Wohle des Vaterlandes zu walten.

Der Justizminister.

Friedberg.

An den Präsidenten des Königlichen Ober=landesgerichts und Kanzler im Königreich Preußen, Mitglied des Herrenhauses und Kronsyndikus Herrn Dr. jur. von Goßler Excellenz in Königsberg i. Pr. — IIa 883b.

Berlin, den 13. April 1880.

An dem Tage, an welchem Ew. Excellenz das fünfzigste Jahr einer an Arbeit und Opfern wie an Erfolg und Ehren reichen, dem Wohle und Gedeihen unseres Staates gewidmeten Thätigkeit vollenden, kann ich mir nicht versagen, Ihnen auch meinerseits die wärmsten Glück= und Segenswünsche auszusprechen.

Ew. Excellenz haben neben der Erfüllung der schweren und verantwortlichen Pflichten Ihres Amtes von je die Zeit, die Kraft und die Freudigkeit gefunden, um auch anderen Gebieten der öffent=lichen Interessen Ihre fruchtbare und förderliche Theilnahme zu=zuwenden; insbesondere sind es die Interessen der Kirche und die Interessen der Kunst gewesen, für welche Ew. Excellenz, sei es auf den Ruf der Staatsregierung, sei es in freier, Ihrer eigenen

Initiative folgender Thätigkeit mit hingebender Aufopferung, mit
erleuchteter Einsicht und mit reichem Erfolge thätig gewesen sind.
Wenn daher Alle, welche an dem Wohl des Staates und der ge=
deihlichen Entwickelung und Wirkung seiner Institutionen Antheil
nehmen, mit Dank und Freude den Tag Ihrer fünfzigjährigen
öffentlichen Thätigkeit begrüßen, so darf ich mit besonderem Danke
dessen gedenken, was Ew. Excellenz auch die meinem Ressort an=
vertrauten Interessen schulden, und gebe der frohen Hoffnung Aus=
druck, daß auch diesen Interessen Ihre warme und einsichtsvolle
Theilnahme zum Segen der Sache und zu Ihrer eigenen Befrie=
digung für und für erhalten bleiben möge.

In steter Verehrung

von Puttkamer.

An den Kanzler des Königreichs Preußen
und Oberlandesgerichtspräsidenten, Herrn
Wirklichen Geheimen Rath Dr. von Goßler

Excellenz zu Königsberg i. Pr.

6. Zu Seite 38. Die im Text angegebene Rangordnung
der Regimentsräte findet sich in den ältesten Zeugnissen, wie aus
den nachstehenden Aktenstücken ersichtlich ist. Auch später galt der
Landhofmeister als der vornehmste, während die drei übrigen ein=
ander im Range gleich stehen. Bürgerliche Inhaber finden sich
ab und zu unter den Kanzlern, für deren Ernennung eine be=
stimmte Rechts= und Geschäftskenntnis die Voraussetzung war.
Im übrigen vgl. die Regiments=Nottel des Markgraf Albrecht
vom 18. November 1542: Wie es in Geistlichen und Weltlichen
Regiment zu halten, in den Privilegien der Stände des Herzog=
thums Preußen (Braunsberg 1616) fol. 51—56, namentlich
fol. 53.b: „Deswegen, dieweil wir bei unseren zeiten, mit Rahte

der Ehrenvesten Erbarn und Hochgelerten unsers geordneten Hoff=
meisters, obersten Burggraffen zu Königßbergk, Cantzlers und
Obermarschalcks, als unserer gewogensten und vornembsten Rähte
geregieret und regieren, wollen wir auf untertheniges unserer ge=
trewen Underthanen embsigs Bitten — neben den jetzt genandten
vier vornembsten Rähten, die alle einzöglinge dieser Lande,
teutscher Sprach), auch von der Herrschaft oder Adel sein sollen,
ein sechs oder acht Personen — zu täglichen Hoff= und Gerichts=
rähten bestettigen." Über den Kanzler insbesondere vgl. den in
derselben Sammlung enthaltenen Receß von 1566 fol. 69.b): „In=
sonderheit auch wolle der Herr Cantzler in der Cantzeley die ver=
sehung thun bei dem Secretario, und allen anderen Cantzelei=
schreibern, daß nichtes gesigelt werde, es habe denn der Cantzler
solches zuvor gesehen und gelesen, ob es zu versigeln sei oder nit,
und beides der Herr Cantzler und der Secretarius dahin sehen,
damit nichts in der Cantzeley außgehen möge, so dem Lande zu
schaden oder nachtheil gereichte. Dann da dergleichen erfolgen
solte, so sollen der Herr Cantzler sampt dem Secretario dafür zu
antworten schuldig seyn." In Albrechts Testament von 1567 (fol. 81.b)
der genannten Sammlung) werden z. B. als Zeugen genannt:
„unsere Rähte Hans Jacoben deß H. Römischen Reichs Erb=
truchses Freiherrn zu Waldenburg und Hoffmeister, Christoff von
Creutzen alten Burggraffen zu Königsberg, Hansen von Creutzen,
beyder Rechte Doctor und Cantzler, Joachim Borcken, Obermar=
schalck." Und die Acta et Decreta Commissionis Sacrae
Regiae Majestatis, Regiomonti habitae Anno Domini 1609
(fol. 98) sind unterschrieben fol. 108.b) von Ludovico Rauter
Landthoffmeister, Fabiano Burggrabio et Barone à Dhonau
supremo, Christophoro Rappe Cancellario, Joanne Alberto
Borck supremo Marschalco, Consiliariis supremis et Regentibus

Ducatus (und vielen anderen). Mit denselben Namen beginnen fol. 126 die literae Reuersales, Dominis Commissariis ab Ordinibus Ducatus Prussiae datae.

7. Zu Seite 51. Luther: „Die Musik ist eine herrliche Gabe Gottes und nahe der Theologie" (Aus den Briefen 4, 181). „Die Musik ist eine halbe Disciplin und Zuchtmeisterin, so die Leute gelinder und sanftmüthiger, sittsamer und verständiger macht. Sie verjagt den Geist der Traurigkeit, wie man am König Saul sieht. Sie ist die beste Labsal einem betrübten Menschen, dadurch das Herz wieder zufrieden, erfrischt und erquickt wird" (Aus den Tischreden, von Förstemann Bd. 4 S. 564). Vgl. J. Köstlin Martin Luther Bd. 2, S. 510 ff.

8. Zu Seite 52. Was E. Wichert durch Widmung seines geschichtlichen Romans Heinrich von Plauen auch öffentlich bezeugt hat.

9. Zu Seite 58. Die Entwickelung des Königsberger Kunstvereins hat der Kanzler von Goßler selbst eingehend geschildert in der auf Veranlassung des Vorstandes verfaßten Schrift: Zum funfzigjährigen Jubiläum des Kunstvereins und des städtischen Museums in Königsberg, 1882.

10. Zu Seite 58. Genauere Nachricht über die Gründung dieses sogenannten Kunstfonds und über seine Verwaltung während der ersten vier Jahre findet sich in dem Centralblatt für die gesammte Unterrichtsverwaltung in Preußen, 1867 S. 9.

11. Zu Seite 63. Stenographische Berichte des pr. Herrenhauses, 1874 S. 429.

12. Zu Seite 77. Vgl. S. 26 der Protokolle über die außerordentliche Synode der Provinz Preußen von 1869.

13. Zu Seite 79. Stenographische Berichte des pr. Herrenhauses, 1872 S. 209.

14. Zu Seite 81. „Ausgeschlossen vom Wahlrecht sind diejenigen, welche durch Verachtung des Wortes Gottes oder unehr-
bares Leben öffentliches, durch nachhaltige Besserung nicht wider
gehobenes Ärgernis gegeben haben.

Wählbar zum Mitglied des Gemeinde-Kirchenrats sind alle
selbständigen Mitglieder der Gemeinde, welche die aktive Wahl-
berechtigung besitzen und das dreißigste Lebensjahr vollendet haben,
insofern sie nicht durch Fernhaltung von dem öffentlichen Gottesdienste und dem heiligen Abendmahle die Bethätigung ihrer kirchlichen Gemeinschaft in anhaltender Weise unterlassen haben."

15. Zu Seite 83. Auf der zweiten ordentlichen Generalsynode von 1885 sogar mit der Ausdehnung auf die weltlichen
Kirchenämter in dem Oberkirchenrat und den Konsistorien.

16. Zu Seite 86. Es war dieses der Verein von Freunden
der positiven Union in der Provinz Preußen, dessen Programm
hier mitgeteilt werden muß:

1. Wir stehen auf dem Grunde der Apostel und Propheten,
   da Christus, der Sohn des lebendigen Gottes, der Eck-
   stein ist;

2. Wir halten dafür, daß es keinen andern Grund giebt,
   auf welchem die Kirche gebaut werden kann;

3. Die reformatorischen Bekenntnisschriften, das theure Erbe
   unserer Väter, halten wir aufrecht, weil sie diesen Grund
   der heiligen Schrift gemäß darlegen und bezeugen;

4. Da sowol die lutherischen als auch die reformierten Sym-
   bole denselben Einen Grund bezeugen, sind sie nicht
   kirchentrennend;

5. Insofern die reformatorischen Bekenntnisse unter sich ab-
   weichen, begründen sie berechtigte Eigentümlichkeiten beider

Kirchengemeinschaften, die bestimmt sind, einander in heil-
bringender Weise zu ergänzen;

6. In diesem Sinne bekennen wir uns als Freunde der positiven Union und fühlen uns berufen, die Einheit unserer
evangelischen Landeskirche zu pflegen und zu fördern
gegenüber den Gefahren, welche derselben drohen einerseits, wenn man die Sonderbekenntnisse zur Grundlage
von Sonderkirchen macht, andererseits wenn man den
Grund der reformatorischen Bekenntnisse verläßt.

17. Zu Seite 86. Vgl. hierzu die Erklärung des Kanzlers
in der 23. Sitzung des Herrenhauses vom 16. Mai 1874, Sten.
Ver. S. 343.

18. Zu Seite 88. Verhandlungen der außerordentlichen
Generalsynode S. 575.

19. Zu Seite 88. Dies hat der Minister Falk Verh. S. 514
unumwunden eingeräumt.

20. Zu Seite 89. Verhandl. der außerordentl. Generalsynode S. 567 ff.

21. Zu Seite 89. Vgl. hierzu die schöne Rede Müllen-
siefens, Verhandl. der außerord. G.-S. S. 578 ff.

22. Zu Seite 89. Verhandl. der außerord. G.-S. S. 157
u. 180; vgl. dazu die vortreffliche rechtsgeschichtliche Begründung
durch den Kanzler.

23. Zu Seite 90. Zehnte Kommission des Herrenhauses,
Drucksache Nr. 67 vom Jahre 1876.

24. Zu Seite 90. Vergl. insbesondere den einleitenden
Vortrag des Kanzlers, Stenogr. Ver. des Herrenhauses, 1876
S. 180, und seine zusammenfassende Erwiderung das. S. 195.

25. Zu Seite 93. Verh. der ersten ordentl. Generalsynode,
1879 S. 905. 914. 924; vgl. hierzu die Rede des Kanzlers auf

der ersten ordentlichen Synode der Provinz Preußen von 1875,
Verh. S. 44.

26. Zu Seite 96. Ludwig von Mühlenfels starb im Oktober 1861 als Geheimer Justizrat in Greifswald. Über seine
Teilnahme an den Freiheitskriegen vgl. den Aufsatz der Grenz-
boten, 1861 S. 481.

27. Zu Seite 104. Aus der überaus großen Zahl der Bei-
leidsschreiben und Telegramme mögen hier nur diejenigen aufge-
führt werden, welche von den Mitgliedern unseres erlauchten
Herrscherhauses und von dem Fürsten Bismarck an den ältesten
Sohn des Verstorbenen gerichtet wurden.

Berlin, 13. 5. 85.

Die Nachricht vom Ableben Ihres von mir hochgeschätzten
Vaters hat mich tief betrübt; zu dem schmerzlichen Verluste, den
Ihre Familie erlitten, spreche ich meine herzlichste Theilnahme aus.

Wilhelm.

Minister von Goßler.

Baden-Baden, 13. 5. 85.

Sie zweifeln gewiß nicht an meiner Theilnahme an Ihrem
tiefem Schmerz! Möge der Segen Ihres trefflichen Vaters stets
auf Ihnen ruhen!

Kaiserin-Königin.

An den Staatsminister von Goßler.

Baden-Baden, 13. Mai 1885.

Ich habe Ihnen telegraphisch ein Zeichen der Theilnahme gegeben, wünsche aber durch diese Zeilen Ihnen zu sagen, wie tief
ich einen Verlust beklage, der zugleich Ihre Familie und das
Vaterland betrifft. Meine letzten Beziehungen zu Ihrem Vater

galten dem Hause der Barmherzigkeit und dieses Wort bezeichnet am Besten die Richtung, die er vertrat.

Möge es Ihnen gelingen, in seinem Sinne ferner die ehren= volle, aber schwierige Aufgabe zu lösen, welche den christlichen Pflichten und dem kirchlichen Frieden entspricht.

Gottes Segen wird Ihrer Arbeit nicht fehlen!

Ihre

Augusta.

Coblenz, 13. 5. 85.

Meine liebe Excellenz!

J. M. die Kaiserin hat mich beauftragt, Ihnen die aufrich= tige Theilnahme zu dem betrübenden Verlust auszusprechen, den Sie und die Ihrigen seit wenigen Tagen zu betrauern so schmerz= lich Ursache haben. Die Kaiserin weiß es sehr wohl zu würdi= gen, daß gleichzeitig mit Ihnen und Ihrer Familie eine ganze Bevölkerung trauert; es ist in dem Verewigten nicht nur ein ge= liebtes Haupt der Familie, sondern auch ein hochgeehrter und viel geliebter Mann und Mensch aus diesem Leben geschieden, dem seine guten Werke einen würdigen Nachruhm bilden.

In dem Bewußtsein dieser allgemeinen in weiten Kreisen mitempfundenen Trauer liegt aber auch zugleich ein hoher Trost.

Ihro Majestät spricht die Hoffnung aus, daß dieser Trost Ihren Schmerz um den geliebten Vater mildern werde. —

Indem auch ich meine persönliche innige Theilnahme hinzufüge, bin ich in vorzüglicher Hochachtung

Ihre herzlich ergebene

Gräfin von Hacke.

Neu Palais, 14./5. 85.

Ich nehme aufrichtigen Antheil an dem schmerzlichen Ver=
lust, der Sie getroffen hat, und werde Ihrem heimgegangenen
Vater, der so viele Jahre seines Lebens in treuester Hingebung
und Pflichterfüllung dem Staatsdienste widmete, stets ein ehrendes
Andenken bewahren.

Friedrich Wilhelm,
Kronprinz.

Staats=Minister von Goßler.

Neu Palais, 12./5. 85.

Kronprinzessin beauftragt mich, Ew. Excellenz aufrichtige
Theilnahme an dem schweren Verlust, der Sie und die Ihrigen
getroffen hat, auszusprechen.

Graf Seckendorff.

Minister von Goßler.

Berlin, 16. Mai 1885.

Hochwohlgeborener
Hochgeehrter Herr Staatsminister!

Ew. Excellenz beehre ich mich, im Höchsten Auftrag Ihrer
Königlichen Hoheit der Großherzogin von Baden Höchstderselben
herzliches Beileid zu dem schmerzlichen Verlust, den Ew. Excellenz
durch das Ableben Ihres Herrn Vaters erlitten haben, zum Aus=
druck zu bringen.

Ihre Königliche Hoheit nimmt innigen Antheil an Ihrer
Trauer. Indem ich mich dieses höchsten Auftrags entledige, bitte
ich die Versicherung meiner vorzüglichsten Hochachtung und Ver=
ehrung zu genehmigen, mit denen ich zu zeichnen die Ehre habe

Ew. Excellenz ergebenster Diener
Freiherr von Gemming

Oberst=Kammerherr Sr. Kgl. Hoheit des Großherzogs von Baden.

Potsdam, 14./5. 85.

Nehme innigst Theil an dem schweren Verlust, der Sie betroffen, spreche Ihnen herzlichstes Beileid und Dank für Mittheilung aus.

Wilhelm,
Prinz von Preußen.

Staatsminister von Goßler.

Berlin, 14. Mai 1885.

Ew. Excellenz bitte ich, den Ausdruck meiner herzlichen Theilnahme an dem schweren Verluste entgegenzunehmen, welcher Sie durch das Dahinscheiden Ihres Herrn Vaters betroffen hat.

von Bismarck.

Druck von G. Bernstein in Berlin.